세계 속에 빛나는 한국인의 기록

한인보
韓人譜

김준자 엮음

다트앤

세계 속에 빛나는 한국인의 기록

한인보
韓人譜

머리말

이 년 전에 출판된 〈나는 아메리카의 한국인입니다〉 책에 이어 ytn 라디오에서 이웃과 사회에 관심을 가지고 일 해온 분들을 소개 하는 〈나는 아메리카의 한국인입니다〉 프로그램이 방송되었습니다. 이분들은 1950년대부터 70년대에 걸쳐 미국에 오신 유학생, 또는 여러 분야의 전문인들로 6·25전쟁이라는 아픔을 뼈저리게 느끼면서 그때 받은 아픔과 사랑과 고마움을 잊지 않고 각자가 중요하게 여기는 일들을 개척하여 이민 사회뿐 아니라 인류가 당면한 문제를 해결하기 위해 노력한 분들입니다. 이분들에 대한 단편적인 소개와 하신 일들을 수록한 이 책은 활동분야에 따라 교육, 문화와 예술, 사회복지로 나누었습니다.

이분들 중에는 국민의 복지 향상과 국가 발전에 기여한 이에게 수여하는 한국 국민훈장, 미국 오바마 대통령상을 비롯하여 주정부 또는 각계에서 주는 공로상을 받은 분들이 많습니다. 또 직접 책을 쓰신 분들이 많이 계시는데, 그 중 켈리포니아의 한인 커뮤니티 역사와 발전의 모습이 담긴 세 분의 자서전을 여기에 소개합니다.

〈사선을 넘어서〉는 2010년 10월에 출판된 재미 한국 정신과 의사들의 대부로 불리는 김익창 교수의 자서전입니다. 교수님은 1930년

평북 신의주에서 태어나셨습니다. 1946년 5월 가족과 함께 38선을 넘어 남하하여 한국전쟁, 피난 생활, 어머니의 납치, 흥남 철수를 겪으면서 역경 속에서도 인내와 용기를 가지고 열정적으로 살아오신 분입니다.

저자는 1956년에 서울대 의대를 졸업한 후 문교부 유학 시험을 보고, 미 공군 부인회의 장학금을 받아 학생비자로 미국에 오셨습니다. 아리조나 대학에서 메디칼 인턴쉽과 임상심리학 박사학위를 끝내시고 의과대학의 교수가 되셨습니다.

교수님은 한국 사람들의 사고방식과 행동양식을 이해하는 데 도움이 되는 한국인의 '정', '한', '체면', '눈치', '팔자' 그리고 '멋' 등에 관한 논문을 많이 발표하여 미국 정신의학계로부터 인정을 받았습니다. 1979년부터 재미 한인 정신과 의사 협회를 창설하시어 한국 정신과 의사들의 멘토가 되셨고 미국 정신의학회 아시안 아메리칸 분과에서 발행하는 〈Asian American Psychiatric News〉의 편집장을 하시면서 다문화 정신의학 과목을 정신과 레지던시 프로그램의 필수과목으로 정한 중요한 일도 하셨습니다. 늘 다문화 정신의학의 중요성을 강조하고 전국적으로 보급시켜 온 교수님은 은퇴 후에도 이 프로그램이 지속 되도록, UC데이비스에 다문화 정신의학 석좌교수 자리를 설립하는 데 크게 힘을 쓰셨습니다.

〈PAR 50/70, 70세에 돌아본 미국 생활 50년〉은 한미연합의 아버지라 불리는 김기순씨가 70세에 쓰신 자서전입니다. 1948년 중학교 1학년 때 38선을 넘어 남하하신 선생님은 1956년에 미국에 유학 오셨습니다. Pomona College를 졸업하고 엔지니어로 NCR과 Xerox에서 38년간 일하셨고 은퇴하자 바로 한국 삼성전자의 품질 관리 분야 상근 고문으로 5년간 근무하셨습니다.

이분은 그의 삶에서 또 일에서 지키시는 '파'(PAR) 원칙이 있습니다. 'PAR'는 성공적인 성취를 위한 Plan, Action, Result의 머리글자로 'P'는 매사에 구체적이고 현실에 근거를 둔, 그래서 실현 가능성이 있는 Plan, 'A'는 긍정적인 사고와 태도로 적극적으로 활동하는 Action, 그리고 'R'은 그로 인해 얻어지는 Result, 즉 계획하고 실천하여 결과가 있어야 한다는 원칙을 강조하십니다.

유학 온 이후, 은퇴한 지금까지도 평생 동안 이민사회 복지를 위해 일해 오신 저자는 특별히 우리의 1.5세, 2세들이 한인이라는 확고한 정체성을 가지고 주류사회에서 당당히 자리 잡도록 돕겠다는 목적을 가지고 노력하셨습니다. 1980년대 한인 청소년들의 마음의 고향이었던 캠프 코니퍼를 시작으로 KAC(Korean American Coalition)와 1000여 명의 지도자감을 키운 대학생 리더십 컨퍼런스를 창설했고 한인 청소년회관 그리고 한미장학재단에서 제일 규모가 큰 서부지역 장학회를 만들어 20년 넘게 키웠습니다. 이분을 오래 동안 지켜보아 온 이경원 기자는 미국에서 한인 청소년 지도자 양성을 위해 김기순씨보다 더 많은 시간과 노동과 물질과 덕과 열정과 비전을 바친 한국 사람은 없을 것이라고 칭찬하십니다.

일생을 근검하게 사신 김기순씨 부부는 거동이 불편하신 어머니가 돌아가실 때까지 13년간 집에서 모신 일을 자식의 특권으로 생각하십니다. 그리고 부모님의 장례식과 아버님의 백수 잔치를 두 분이 할 수 있는 최선을 다해 원없이 호화롭게 해드렸답니다.

〈그래서 삶은 아름답다〉는 소망 소사이어티의 유분자 이사장님이 80세 생신에 출간한 자서전입니다. '간호사의 대모'로 불리는 이분은 일생을 '누군가 해야 할 일이라면 내가 하고, 내가하면 지금하고, 지금하면 기쁘게 한다.'는 원칙을 가지고 살아온 분입니다. 1970년 초

한인 간호사들이 미국에서 제대로 대접받고 살기 위해서는 RN(전문간호사, Registered Nurse)자격을 따야 한다는 판단에 RN 시험반을 만들어 3,000 명 이상의 간호사들이 시험에 합격하여 고소득 취업을 하게 되었고 저마다 가족들을 초청하면서 미주 한인 커뮤니티 발전에 주춧돌이 되었습니다. 한인 이민이 늘어나면서 가정불화 사례가 많아지자 가정을 살려야겠다는 생각에 가정상담소, 가정 법률상담소 창립을 주도하셨습니다. 모든 봉사활동의 밑바닥에는 사랑, 즉 어머니의 사랑이 무관하지 않음을 아시는 유분자씨는 1998년 9월에 '나라사랑 어머니회'를 발족하여 고국의 결식아동을 돕는 일로 시작하여 북한, 우크라이나, 터키, 베트남 등 굶주린 아이들에게 계속 따뜻한 어머니의 사랑을 전하고 있습니다.

저자는 죽음을 미리 준비함으로서 노년의 하루하루를 의미 있게 보내고 차분하고 아름답게 생을 마무리 하자는 운동이 한인사회에 필요하다고 확신했습니다. 그래서 소망의 아름다운 삶, 아름다운 마무리 캠페인을 구체적으로 알리자는 소명감에서 소망소사이어티를 시작하셨습니다. 움켜진 것을 펴서 베풀고 나누며 사람이 사람답게 사는 것을 '웰빙(Wellbeing)'이라고 한다면, 사람이 사람답게 아름답고 품위 있는 죽음을 준비하는 '웰에이징(Well Aging)', 그리고 사람이 사람답게 죽는 것을 '웰다잉(Well dying)'이라고 가르치는 소망소사이어티는 8년이 지난 현재 아프리카 차드에 30만 인구들이 마실 수 있는 소망 우물을 팠고, 그곳 주민들의 교육을 위해 소망 유치원 4개를 설립했습니다. 그동안 웰다잉을 위한 개인의 소망 유언서 12,000부가 작성되었고 UC 어바인 의과 대학에 1100명이 시신 기증 신청을 했습니다. 커뮤니티를 위한 봉사활동만은 원 없이 하셨다는 저자는 봉사는 희생이 따르지만 그로 인한 기쁨과 보람이 크다는 것과, 자신이 한 모든 봉사 활동은 이름도 빛도 없이 시간과 재물, 재능을 내주는 아름다운 동역 자들이 있어 가능했다고 말씀 하십니다.

이 책을 마무리 하면서 감사 할 분이 많이 계십니다. 먼저 인터뷰로 글로 응해주신 여러분들에게 감사드립니다. 이중에는 훌륭한 이민 선배들의 대를 이어 열심히 일하는 자랑스러운 1.5세들의 글도 있습니다. 이분들을 방송으로 소개 할 기회를 주신 ytn 라디오의 유대식 사장님, 방송된 원고를 책으로 나올 수 있도록 처음부터 응원해주시고 후원해 주신 그레이스 김 선생님과 유분자 이사장님에게 특별히 감사드립니다. 사진 편집을 한 정인숙, 서울에서 이곳까지 책 운반을 책임지겠다고 나선 캐롤 최, 책 출판을 위해 도와주신 최재윤, 김효형(Mary Kim), 스잔 박(Susan Park-Rani), 최경옥(Faith Kim), 여명미, 나민주, 박윤수, 지사용, 황춘자, 김선규, 권(정)영애 여러분들에게 감사의 마음을 드리며 출판사의 헌신적인 편집과 출간에 대해 감사드립니다.

팔십여 분의 이야기가 실린 〈한인보 韓人譜〉를 열면서 '이분이 이런 일을 하셨나?' 놀라기도 하고 감탄하고 감사하면서 이분들의 지혜와 가르침을 배우고 칭찬하고 나누는 좋은 계기가 되기를 바랍니다. 또 젊은이들이 이민사회에 대한 새로운 인식을 갖고 이민 선배들에게 감사하며 삶의 가치를 새롭게 깨닫는 지침서가 되기를 바랍니다. 그리고 이민사회의 자랑스러운 미주한인의 역사 기록이 되기를 바랍니다.

2017년 1월 실비치, 캘리포니아에서

김준자

목차

교육
Education

목차

목차

문화 예술

Culture&Art

목차

목차

사회복지
Social welfare

목차

교육

EDucation

#1

한미 장학재단과 여러 이민단체의 솔선수범 지도자 박윤수 박사

박윤수 씨는 6·25전쟁 2년 후인 1952년, 서울대학교 물리학과를 졸업하고 캐나다 앨버타 주립대학의 기독학생 후원으로 유학 왔습니다. 동 대학에서 석사학위를 받고 이어서 미국 오하오주 신시내티 대학에서 고체물리학 박사학위를 취득한 후 미국 연방 정부 과학기술 연구소에서 고체물리학 전자공학분야의 연구와 개발을 40년간 했습니다. 이후 서울대 물리학과 초빙교수와 존스 홉킨스(Johns Hopkins) 대학 초빙교수를 거쳐 현재는 미국 뉴욕의 렌슬러 폴리테크닉 대학(Rensselaer Polytechnic Institute)의 방문학자입니다. 광전자 재료 및 광센서 분야에서 세계최고의 권위자인 박사님은 한·미과학 기술 교류에도 무척 애를 쓰셨습니다. 이렇게 국가 발전에 기여한 공헌으로

1997년, 박사님은 국민 훈장 모란장을 받았고 2000년에는 전북대학 반도체 연구소 육성 발전에 대한 공헌으로 전북 국립대학으로부터 명예박사학위를 받으셨습니다.

박사님은 모든 일에 긍정적이고 적극적인 지도자이십니다. 이분이 과학계에 봉사한 삶, 연구와 교육을 통해 수많은 사람들에게 끼친 영향력, 또 장로로서 다양한 방식으로 교회를 섬긴 헌신, 다음 세대 지도자들을 위한 지원 등을 들어 노만 빈센트 재단은 이분에게 '노만 빈센트 필 상'(Norman Vincent Peale AwarD on Positive Thinking)을 수여했습니다.

이분은 여러 사회 복지 활동 중에 한미장학재단 일을 가장 오래 또 기쁘게 하고 계십니다. 한미장학재단은 47년 전 경제적으로 어려운 이민생활 속에서도 몇몇 뜻있는 한인 거주자들이 한국에서 온 유학생들의 학업을 돕기 위하여 시작한 비영리 단체입니다. 워싱턴 DC에서 시작 된 장학재단은 동부지역 (Washington,DC), 서부지역(Los Angeles), 중서부지역(Chicago), 남부지역(Atlanta), 동북부지역(New York), 남서부지역(Houston) 등 6개 장학회로 구성된 전국적 기관으로 발전했습니다. 운영비용은 이사들의 이사회비, 기부, 모금 행사에서 모은 기금 등으로 충당되고 있으며 현재 총 $3,600,000 기금을 보유하고 있습니다. 2016년도에는 277명에게 총 $470,000 장학금을 수여했습니다. 박사님은 1988년부터 28년간 장학회 이사, 장학위원장, 장학회 회장을 거쳐 2000년 1월에는 전국이사회 이사장으로 취임했습니다. 지난 10년 동안은 전국이사회 Endowment Fund Investment Committeed의 위원장으로 일하고 계십니다.

늘 차세대 지도자 육성을 마음에 두고 계신 박사님은 젊은이들에게 다음을 당부하십니다.

1. 교육의 유산을 뿌리내려 사회의 훌륭한 지도자가 되어 주기를 바란다.

2. 젊은 세대 여러분들이 장학재단 이사회에 참여하여 장학재단의 발전에 새로운 입김을 불어 넣고, 새 이념과 비전을 도입토록 노력해 주기 바란다.

3. 우리 젊은 세대들이 Korean-American 으로서의 자아를 갖고 자기 자신을 정립할 수 있도록 미국 주류사회에서 활약하고 있는 한국계지도자 들을 초청하여 그들의 포부와 학구의 걸음을 엿볼 수 있는 세미나를 갖기를 바란다.

4. 숭고한 이념과 신념을 가지고 봉사와 수고로 47년 동안 한미 장학 재단을 길러온 수많은 재단이사님들의 장학 사업을 계승받아 더욱 더 분발하여 장학 사업을 확장하고 육성하는데 힘써주기를 바란다.

64년 전 정든 고국을 떠나 3년은 캐나다에서, 1년은 독일 백림 대학에서, 3년은 일본에서 미국 극동 사무국 국장으로, 2년은 서울 대학에서, 1년은 삼성 고문으로 지낸 박사님은 외국에서 보낸 세월이 더 긴 인생이지만 그의 가슴 깊은 곳엔 한국의 넋이 살아 있고 모국을 위해서 무엇인가 하고 싶은 충동을 늘 억제할 수 없어서 매년 휴가

(annual leave)를 이용해서 조국을 방문하고 한국과학발전에 기여하려고 노력했다고 고백하십니다.

그리고 노벨상 수상자 선정 때마다 한국에서는 왜 노벨상 수상자를 배출하지 못하는가에 대한 질문과, 매년 노벨상 수상자를 배출하는 일본과 비교하곤 하는데, 이는 우리나라의 과학기술 역사가 일본에 비해 짧기 때문에 당연한 것이라며 한국의 노벨상 수상자 배출은 시간을 갖고 기초과학 분야에 대한 꾸준한 투자와 지원이 뒤따라야 가능하다고 말씀하시면서 "해외에서 본 한국의 과학 정책을 분석해 볼 때, 현존하는 프로그램을 지속하는 미국의 NSF 또는 NIH와 같은 R&D 지원 기관과 달리 한국 R&D 프로그램은 직접적으로나 간접적으로 정부의 지배와 지원 하에 있어서 인사 행정에 따라 계속 영향을 받고 있습니다. 더구나 장관의 재임 기간이 불과 평균 몇 개월이라고 한다면 뜻 있는 과학기술 프로그램을 개발하기는 어려운 실정이다."라고 지적하십니다.

늘 성공한 사람보다 가치 있는 사람이 되라고 권고하는 박사님은 현재 켈리포니아 씰 비치 레저월드 한인회 이사장님이시고 또 한미합창단의 단장이십니다.

#2

다문화 정신의학의 중요성을 강조하는
한인 정신과 의사들의 대부, 김익창 교수

박사님은 University of California(UC) 데이비스에서 35년간 임상 정신과 교수로 재직하면서 정신 건강을 위한 상담 및 치료를 해왔습니다. 특별히 비영리단체인 아태 상담소(APCC)를 통해 한인 이민자들의 권익보호, 장학금, 의료혜택을 받을 수 있도록 많은 노력을 기울인 분입니다.

신의주가 고향인 교수님은 4남매 중 장남입니다. 해방 후 소련이 평양에 진주하면서 공산당의 숙청 대상에 오른 교수님의 아버지는 남쪽으로 피신했고 가족은 1946년에 서울에 왔습니다. 서울 중학교를 마치고 서울대학교 의예과에 입학하여 2학년에 올라간 때, 6·25전쟁이 났고 공산당이 서울을 점령했습니다. 그해 8월 말, 부인회와 여러 단체에서 활동 하던 교수님의 어머니가 납치당했습니다. 기다려도 돌아오지 않는 어머니를 그리며 찾고 있던 중, 참전 미군부대에서 전쟁 통역을 맡아줄 대학생을 뽑는 다는 소식을 들었습니다. 시험을 보고 합격하여 어머니를 찾을 수 있기를 기대하면서 김익창씨는 어린 미군 통역관이 되어 선장이 내린 주의사항을 배에 탄 난민에게 통역하는 임무를 맡게 됩니다. 민간 통역관으로 함흥에 도착한 지 일주일 만에 압록강을 건너온 중공군과 북한군에 의해 많은 참전군이 사망하고 미군사령부는 역사상 최대 규모의 흥남 해상철수 작전을 하게 됩니다.

흥남 철수 작전이란 200여척의 배에 약 10만 명이 넘는 UN 연합군과 흥남 지역주민 또 북에서 밀려온 피난민들 그리고 35톤의 보급품들을 거제 지역으로 피난시킨 극적 사건입니다.

세월이 흘러 교수님이 소수민족의 정신의학을 연구하던 1973년, 샌프란시스코 차이나타운에서 발생했던 살인 사건의 살인범으로 사형선고를 받은 이철수를 무죄로 석방시킨 이철수 구명운동에는 지역의 커뮤니티 활동가들과 함께 한 이 분의 노력이 컸습니다. 1992년에 발생한 LA 폭동 또한 하나의 인종차별로 이분이 마음 아파했던 사건입니다. 사건의 초점은 흑인 로드니 킹을 잔인하게 구타한 4명의 백인 경찰관에게 무죄판결을 내린 것이 기폭제가 된 것이지만 폭발된 흑인들의 분노가 무방비 상태의 한인 상가에 덮쳐 억울하게 한인들이 고통을 당해야 했습니다. 이것을 미국신문들은 마치 한인과 흑인의 마찰 때문인 것 같이 책임을 회피하는 보도를 했습니다. 이 일로 한인주민들이 어렵게 일군 한인상가의 물질적인 손해와 희생은 말할 것도 없거니와 정신건강에 많은 문제가 생겼습니다.

이외에도 비일 비재한 인종차별 사건으로 고통을 당하는 한인들을 위해 다문화 정신의학의 중요성을 강조하고 전국적으로 보급 시켜 온 교수님은 이 프로그램이 지속 될 수 있도록 UC데이비스에 석좌 교수 자리 설정을 계획했습니다. 은퇴한 뒤 본인의 집을 팔아 이 프로그램에 기증했고 학교 당국에서도 1백만 달러의 매칭 펀드를 내놓아 다문화 정신의학 석좌교수 자리를 설립하였습니다.

1956년 200달러를 내고 부산에서 화물선을 타고 3주 만에 미국에 도착한 김익창 씨는 애리조나에서 1년 동안 메디컬 인턴 십을 하고 임상 심리학으로 3년 반 만에 박사 학위를 끝냈습니다. 쥐꼬리만 한 인턴 월급으로 이 분이 제일 먼저 한 일은 서울에 있는 애인 그레이스에게 유학 떠날 때 돈이 모자라 사주지 못한 청색 브로치를 사 보냈답니다.

교수님은 최초로 재미 한인 정신과 의사협회를 창설하여 초대회장을 역임 했고 미국 정신과 학회에서 수여하는 아시아계 의사 특별공로상을 받은, 한국인의 위상을 한층 높인 분입니다.

〈사선을 넘어서〉와 영어로 번역 된 〈Beyond the Battle Line〉은 박사님의 자서전입니다.

ytn 라디오 방송 10/20/2014

#3

정신 문제 예방을 위한 ABC 상담대화 교육원을 세운 여천기, 여명미 의사 부부

여천기 정신과 의사와 가정 주치의 여명미 부부께서는 가족의 문제가 극단적인 결과로 진전되지 않도록 상담과 교육에 집중 헌신하는 ABC (A Beautiful Communication) 상담 대화 교육원을 시작했습니다. 여명미 씨는 이화 대학교 의과대학을 졸업하고 서울 대학 의과 대학에서 레지던트 수련을 하는 동안 여천기 박사님을 만나 부부가 되었습니다. 시카고에서 병리학을 전공한 후 1973년 남가주로 이주한 Dr.여명미는 UC Irvine에서 가정 의학 프로그램에 동참하여 5년간 교수로 지내다 가정 주치의로 개업을 했고 2000년부터는 봉사활동에만 주력하고 있습니다. 이분이 가정 주치의를 하는 동안 세운 〈푸른 초장의 집〉은 가정 폭력으로 정신적, 육체적으로 극심한 고통을 받는 여성들과 아이들을 보호하는 보호소입니다. 이들이 상담과 교육과 치료를 통해 생명까지 위협 받는 지경에 빠지게 되는 상황을 예방 할 수 있었음을 절감하며 Dr.여 부부가 8년 전에 세운 것이 ABC 상담 대화 교육원입니다. 이곳은 가족과 이웃과 효과적인 대화를 극대화 할 수 있는 방법을 가르치고 정신질환의 바른 이해와 뇌 정신건강에 대한 바른 의학적 지식과 실체, 대처방안, 인간관계 등을 가르칩니다.

교육원의 이사장이신 여천기 박사는 '인간은 학습의 산물이고 그 결과이므로 배움만이 살길'이라고 역설합니다. 배운 것이 쌓이고 정리되면 지식이 되고, 판단이 생기며, 감정 통제가 되면서 자아가 형성되고 한 인간이 된다는 것입니다.

아이를 키워 '사람'으로 만드는 것, 배우자와 맞추어 사는 것이 어렵다면 충분히 배우지 못한 탓이라고 여천기 박사님은 강조하십니다. 배우지 못하고 준비가 안 된 상태에서 끊임없이 도전을 받게 되면 당황하고 감정적이 되고 도망쳐 버리거나 공격적이 되기 십상입니다. 그러나 문제의 본질을 이해하고 순서 있게 대처법을 배우면 자신의 정체감과 가족이나 남에 대한 이해를 키울 수 있답니다.

그래서 ABC 상담 대화 교육원은 정신질환과 뇌-정신 건강에 대한 교육과 상담 또 협동 지지 그룹의 모임을 진행하고 있습니다. 교육원의 대표이신 여명미 박사는 일반인이 정신질환 치료에 대해 기본적으로 알아야 할 점을 알려줍니다.

1. 일반인들이 정신질병을 귀신, 죄, 의지력의 문제, 가족의 저주나 비과학적인 헛된 소문을 발병과 관련짓는 것은 잘못 된 지식이요 정

보라고 일축합니다.

2. 정신병은 불치병이 아니니 신뢰할 만한 의사나 치료사를 만나 조기 진단과 조기 치료를 받는 것이 중요합니다. 가족이 먼저 정신 질환에 대한 교육을 받으면 환자의 병과 증상을 이해하게 되고 환자에 대한 희망과 자신이 생긴답니다.

3. 치료약에 대한 오해로 비전문가들의 말을 믿고 약치료를 거부하면 병을 키우게 됩니다. 경우에 따라서 약 복용은 필수적인 치료입니다.

4. 치료비용에 대한 두려움 때문에 진료와 치료 받기를 주저하게 되는데 주저하지 말고 직접 전문가 혹은 병원에 먼저 알아보면 여러 가지 치료 가능성을 찾을 수 있답니다. 비용보다는 치료에 중점을 두는 것이 비용을 절약하는 길입니다.

5. 신앙 공동체 내에서의 바른 대처는 병을 이겨 내는 데 힘이 됩니다. 그래서 한인 교회에서 적극적으로 바른 대처 방안을 세우는 것이 시급한 현안이라고 말씀 합니다.

결론은 정신질환을 수치스럽게 여겨 쉬쉬하며 병의 원인을 따지고 누구를 탓할 것이 아니라 정신질환에 대한 바른 이해와 대처가 곤경을 해결하는 지름길이라고 여명미 박사는 강조합니다,

ytn 라디오 방송 06/01/2015

#4

다문화 연구소를 신설한
최명옥(Faith Kim) 교수

Dr. Faith Kim은 1963년 이화대학교 영문과를 졸업한 후 도미하여 일 년 동안 시카고의 무디 성경대학(Moody Bible School)에서 아동교육을 공부했습니다. 휘튼 대학원(Wheaton College)에서 석사학위를 하고 샌프란시스코에 있는 골든게이트 침례 신학교(Golden Gate Baptist Theological Seminary)에서 목회학 박사 학위를 받고 모교에 교수로 남았습니다.

2004년부터 신학교에서 다문화 교육(Intercultural Education), 문화와 영성학(Spiritual Formation), 글로벌 리더십(Leadership Formation)을 중점적으로 가르치는 교수님은 전문 분야에서 많은 상을 받으셨는데 그중 가장 귀하게 생각하는 것은 1993년 골든게이트 침례 신학대학원으로부터 받은 'Professor of the year Leadership Awards' 와 2013년 아태 분쟁 조정공로로 LA시장 Antonio Villaraigosa로부터 받은 'Diversity Leadership Awards'입니다.

Golden Gate Baptist 신학교에서 다문화 교육이 시작 하게 된 것은 1992년 L.A 폭동 후입니다. 김 교수가 가르치는 다문화 사역, 다문화 교육학을 택한 두 백인 목사 학생들이 코리안, 흑인, 멕시코 사람들에 대한 자신들의 관점과 안목이 얼마나 잘못된 것인가를 깨닫고 이들이 학장에게 전한 것이 씨앗이 되었습니다. 교수회의에서 다문화 교육의 필요성을 논의하게 되었고 총장 이하 모든 교수진이 한마음으로 다문화 교육을 위한 구체적인 방안을 연구하기 시작했습니다.

다문화 교육이란 주류집단과 소수집단의 문화적 능력을 배양하여 사회정의에 같이 참여할 수 있도록 하는 교육입니다. 다문화 교육의 지향점은 인종차별, 계급차별 등을 인식하고 국가 간에 존재하는 문화적 다양성을 이해하고 조율하여 사회 통합을 지향하고 전체 구성원에게 민주적 가치를 확장시키는 데 있습니다. 각자가 가진 잠재력을 발현할 수 있도록 지원하고 다른 사람의 입장이 되어 판단할 수 있는 비판적 사고력을 키워 주는 평등 교육도 다문화 교육에서 중요한 부문입니다.

유학생으로 시작하여 국내외의 선교지도자 양성이 우선인 침례교

교단의 석좌교수가 되기까지의 자신의 경험과 선교사들의 많은 체험담을 익히 아는 김 교수의 다문화교육에 대한 열정은 특별합니다. 교수님은 선교에 특별 관심이 있는 남편 Dr. 김과 의논했습니다. 두 분은 다문화교육이 전도사업의 첩경이라는 의견에 일치를 보고, 정형외과 의사인 남편이 전 직장에서 투자했던 일이 크게 성공하여 얻은 $5,500,000 기금을 모교인 Golden Gate Baptist 신학교에 기부하여 21세기에 필요한 다문화(Multicultural)와 이종문화간(Intercultural) 연구 기관인 'David & Faith Kim School of Intercultural Studies'가 설립되었습니다. 이것은 미국에 있는 6개 남 침례교단 신학교중 유일한 다문화 교육 기관으로 2005년부터 이 분야의 세계적 지도자를 배출 하고 있습니다.

ytn 라디오 방송 06/22/2015

#5

중동의 카타르(Qatar)를 교육도시로 만든
대학 교육 시스템 전문가 김효형, Mary Kim

김효형씨는 1938년, 서울에서 태어났습니다. 조선일보 기자였던 아버지와 선생님인 어머니 사이의 6남매 중 유일의 딸입니다. 한국전쟁으로 피난 간 제주도에서 3년 반을 사는 동안 어머니와 할머니가 돌아가시고 김효형씨는 서울에 돌아왔습니다.

1956년 봄, 경기여고를 졸업하고 그해 가을 북부 캐롤라이나에 있는 퀘이커교단의 'Guilford' 대학에 유학을 오게 됩니다. 4년 만에 대학을 마치고 미네소타 대학 대학원에서 수학을 전공했습니다. 모교에서 데이터 자료 분석을 시작으로 미네소타 대학의 예산과 중요 재정 문제를 다루는 부총장(Assistant Vice President)직을 역임했고, 5년간 미네소타 주 세무국의 최고 재정 책임자 직을 역임했습니다.

그 이후 자료를 분석하고 연구하여 새로운 정책과 발전을 도모하는 비영리 단체, RAND 사에 합류하여 대학의 기존 시스템을 고치고 새로운 방침으로 학교를 발전시키는 일을 맡았습니다.

뉴욕시의 시장이 Mr. 줄리아니(Giuliani)였던 당시 뉴욕 시립대학 시스템을 고쳐 재구성 했고, 네바다 주의 교육 시스템을 새롭게 시작하여 구축한 사람도 Mary Kim씨입니다. 이분은 미국뿐 아니라 중동의 카타르(Qatar)를 완전히 '교육 도시'로 만든 분입니다.

카타르는 사우디아라비아에 접한 천연가스 수출국으로 세계적으로 부유한 국가 중 하나입니다. Mary Kim씨가 카타르 대학의 교육 시스템을 구상하면서 미국의 5개의 대학 - Carnegie Mellon, Cornell, George Washington, Texas A&M, Virginia Common Wealth 대학들의 분교를 이곳에 세워 학생들, 그 중 특히 여학생들이 먼 미국에 유학하지 않고도 학위를 받을 수 있도록 국제적인 교육도시로 만든 것입니다.

이분은 자신의 전문직을 훌륭하게 했을 뿐 아니라, 남을 돕는 일도 크게 하는 분입니다. 그가 유학 올 당시 한국은 전쟁으로 퍽 어려운 상황이었습니다. 생활비를 벌어가며 공부해야 했던 어린 Mary Kim씨가 본인도 어려웠던 때, 두 세 곳에서 일을 더 하고 또 돈을 빌리기도 하여 한국에 있는 오빠와 남동생들 5명 모두를 미국에 데려 와 공부 길을 열어 준 것은 알려진 그의 일화입니다.

Mary Kim씨는 특별히 여성과 어린 아이들에게 큰 도움을 주고 있습니다. 중국이 발전 도상에 있을 때 중국 여학생들을 미국으로 데려다 공부시켰고 전쟁 중의 이라크 여학생들을 돕기도 했습니다. 집을 정리한 작년에는 그녀의 모교 Guilford대학에 대한 감사의 의미로 당시 Mary Kim씨를 도와 주셨던 Dumas부부의 이름을 딴 Dumas장학재단을 설립하고 그 기금으로 십만 불을 학교에 보냈습니다.

또 한국전쟁 때 Mary Kim씨가 받았던 'CARE'선물 박스는 어린 Mary Kim씨 마음에 자선(Charity)과 복지활동(Caring)에 대한 의식을 심어 주었습니다. Mary Kim씨는 학생시절부터 CARE를 돕고 있습니다. CARE(Corperative Assisstance Relief Everywhere)는 세계 곳곳에서 일어나는 재난과 가난을 극복 할 수 있도록 돕는 세계적인 자선단체입니다. 자신이 학생이었을 때는 일 년에 10 불을, 전문직을 갖고부터는 일 년에 만 불씩을 보냈습니다. 집을 정리한 작년에는 CARE 프로그램 중의 하나인 가난 해결을 위한 Micro Loan 프로젝트에 십만 불을 보냈습니다.

현재 Mary Kim씨는 Children's Home Society, Korean American Multi-Service Center 등 5 곳 자선 단체의 이사직을 맡고 있습니다.

ytn 라디오 방송 12/08/2014

#6

캄보디아의 미래 지도자 육성을 위한 영재 학교를 세운 김준규

김준규씨는 한국에서 고등학교를 졸업하고 1955년에 유학생으로 미국에 왔습니다. 시카고에 있는 Loyola대학에서 상과를 공부하고 회계학으로 MBA를 수료 후 한국 사람으로는 최초로 미국 공인 회계사(CPA)가 된 분이고 1968년부터 지금까지 미국 CPA 협회와 국제 경영 공인 CPA 협회의 회원입니다.

은퇴 후 세 아들을 자주 방문하던 선생님은 국제 Church of Christ의 총책임자였던 큰 아들이 병원 설립을 위해 가 있는 캄보디아를 방문 했습니다. 그때 놀라울 정도로 많은 어린 아이들이 거리에서 구걸하고 있었는데 이 아이들이 구걸한 돈이 가족의 생계를 꾸려

가는 수입의 전부란 것도 알게 되었습니다. 선생님은 미국 장로교 교단의 도움을 받고 미국 유학을 와서 지금까지 잘 살아온 자신을 돌아보며 이 아이들을 도울 수 있는 일을 연구하고 또 고민했습니다. 항상 교육의 중요성을 절감하며 자손들을 훌륭히 성장시킨 김준규씨는 이들을 교육시킬 학교를 생각했습니다. 이분이 구상한 학교는 당장 일자리를 구할 수 있는 직업학교나 기술학교가 아닙니다. 집안이 가난하지만 똑똑한 아이들에게 미래의 지도자가 될 수 있도록 준비시키는 영재 학교를 꿈꾸셨습니다.

캘리포니아 집에 돌아와 부인과 콜로라도, 런던, 싱가포르에서 전문직을 가진 세 아들과 의논하고 진지한 토론을 거듭했습니다. 그 결과 'The J. FREUNARD KIM' 가족 재단 설립을 결정하고 캄보디아 지도자들의 자문을 받아 학교 운영에 대한 구체적인 방안을 세웠습니다.

그리고 2002년, 김준규씨의 성씨인 김(金)의 한문자를 영어로 표기한 Gold와 아들들의 돌림자인 석(石) 즉 영어로 Stone을 합하여 Goldstone School HOPE Worldwide(GSHW)학교를 프놈펜 캄보디아에 인가를 받아 설립했습니다.

이 학교는 인근 단체나 교회 등을 통해 가난하지만 영리한 초등학교 입학 나이의 학생을 뽑아 1학년부터 12학년 졸업까지 무상교육을 시킵니다. 또 학교의 학생 수는 제한된 재정과 효과적인 교육을 위해 한 학년 수를 25명으로 제한하고 있습니다. 캄보디아 교육국에서 요구하는 과목과 교육 과정을 모두 따르지만 졸업 후 외국 대학에 가서도 뒤쳐지지 않고 공부 할 수 있도록 영어와 컴퓨터에 대한 특별교육을 시킵니다. 이에 더해 철학과목도 가르치는데 그 이유는 아주 강한 불교국가인 캄보디아 학생들에게 타종교와 사회에 대한 새로운 지식을 넓혀 주기 위함입니다.

또한 이 학교는 졸업 후에 미국, 한국, 일본, 싱가포르 등에 있는 대학의 장학금을 받을 수 있도록 돕고 있습니다.

현재 이 학교에는 1학년부터 12학년까지 있으며, 각 학년마다 25명씩, 2014년까지 재학생이 총 300명이었습니다. 2014년 처음으로 25명의 졸업생을 냈고 졸업생 중 60%가 외국 대학에 진학했습니다. 2015~2016년 학기에는 유치원에서 12학년까지 345명으로 학생 수가 늘었고 도서관을 포함 해 학교시설도 점차적으로 늘고 있습니다.

이 학교의 설립자인 김준규씨는 이 학교 졸업생들이 각자의 능력과 노력에 따라 세계 어느 곳에서 무슨 일을 하던 유능하고 신뢰할 수 있는 미래지도자가 되기를 바랄 뿐이라고 말씀하십니다.

ytn 라디오 방송 10/27/2014

#7

후진국 간호 교육에 나선 WCNF의 USA 회장 유정숙

세계 기독 간호 재단(WCNF)의 USA 회장이자 중국 연변 시에 있는 연변대학과 과학기술대학의 간호대학장인 유정숙 교수는 1963년 연세대학교 간호대학을 졸업하고 당시 춘천간호 전문대 전임강사가 되었습니다. 1965년 한미재단의 후원으로, 문교부의 유성순 선생님과 함께 Nurse Specialist로 발탁되어 1년간 서울대, 연세대, 이화대, 가톨릭대 등 4개의 간호 대학과 3년제 간호 전문대들이 문교학령에 부합된 교육을 하도록 간호교육과정(Curriculum)을 수정 보완하고 거기에 준한 간호교육을 하도록 틀을 잡은 분입니다.

1969년 6월 가족과 함께 도미하여 전문간호사(RN. Registered

nurses)로 일하다 Harbor UCLA에서 간호 석사 학위를 하고 임상간호사(NP, Nurse Practitioner)가 되었습니다. 55세에 은퇴하고 중남미 오지를 다니며 의료봉사를 하면서 그곳의 의료시설과 의료인 양성의 필요성을 절감했습니다. 선생님은 마침 WCNF(World Christian Nursing Foundation)를 접하게 되어 이사로 참여하다 현재 WCNF USA 회장으로 후진국의 간호교육사업을 중점적으로 하고 있습니다.

WCNF는 1998년 미국 로스앤젤레스에서 창립된 비영리 재단으로 원로간호사들이 중심이 되어 선교, 교육, 봉사에 목적을 두고 지역사회뿐 아니라 국제적인 활동을 하고 있습니다. 현재 미국, 한국을 비롯하여 호주, 독일, 캐나다와 뉴질랜드에 지부가 있으며 한국에 26개 소지부와 미국에 28개에 소지부가 있습니다.

유정숙씨의 일차 사업은 중국연변에 위치한 연변대학과 과학 기술대학에 간호대학을 건축하고 간호교육을 후원하는 사업입니다. 2001년 간호사들이 중심이 되어 백만 불을 모금하여 간호대학건물을 완공하고 2002년부터 간호교육선교사들을 파송하여 학사과정의 간호교육의 길을 열었습니다. 2005년에 첫 졸업생을 내었고 현재까지 9회의 졸업생을 배출했습니다. 이 학교는 간호교육자의 자급자족을 위해 우수한 졸업생에게 한국 석사과정 장학금을 수여하여 이들이 학위를 마친 후 본교로 돌아가 후학양성에 전념하도록 돕고 있습니다. 현재는 4명의 학생이 박사과정을 공부하고 있습니다.

이에 이어 2006년부터는 캄보디아 남쪽 라이프 대학 내에 캄보디아 최초의 간호대학을 세우고 간호 학사과정을 시작하여 이 나라에

절대적으로 필요한 간호지도자와 간호교육자양성을 주도하고 있습니다. 한국에서 석사과정을 마친 라이프대학 졸업생 4명이 본교로 돌아와 강의를 맡고 있습니다. 또한 아프리카 스와질란드에 소재한 스와질란드 기독대학의 요청으로 간호학 박사 선교사를 그 대학 간호학과장으로 파송하여 기독 간호사 양성에도 힘쓰고 있습니다.

WCNF 재단의 후원사업은 간호교육 개설뿐만이 아닙니다. 2005년에 캄보디아 프놈펜 북동쪽 깜뽕짬에 나환자 아이들과 지역주민들의 진료를 위한 성 누가 건강센터를 건축하고 지역진료와 복음전파에 힘쓰고 있고 몽골에도 몽골국제대학에 간호교육선교사를 후원하여 영어교육과 양호실 운영 및 호스피스역 등을 후원하고 있습니다.

현재 북한은 자체 병원 내에서 필요에 따라 간호인을 훈련 양성하는 실정이어서 정규간호 교육을 받은 간호사와 간호지도자 양성을 위한 간호대학 개설이 꼭 필요한 상황입니다. 그래서 북한 평양과 기술대학에 간호대학 설립을 목적으로 북한 간호재건 사업기금을 조성하기 위한 기금모금도 시작했습니다.

2008년부터 재단에서는 북한 땅에 예배당을 갖춘 건강 센터 1000개 설립을 목적으로 Vision 1000 명의 회원을 모집하고 있습니다. 물론 북한의 문이 열리는 날에 시작될 일입니다.

ytn 라디오 방송 07/27/2015

#8

한인사회 교육계의 대모
수지 오 교장

1975년부터 40년간 영어선생님으로 시작하여 초등학교 교사, 교감, 교장은 물론 장학사와 장학관을 역임한 한인사회 교육계의 대모인 수지 오씨는 University of Southern California에서 교육학 박사과정을 수료했습니다. 어린이들의 창의성 개발과 영재교육 분야의 권위자인 선생님은 LA 통합 교육구 3가의 초등학교교장으로 계신지 22년째이고 현재 LA California State University 의 파트타임 교수입니다.

1995년 광복 50주년 기념행사에 '조국을 빛낸 해외동포'로 선정되어 서울특별시로부터 초청을 받았습니다. 2002년에는 캘리포니아 교육 행정가 협회로부터 '올해의 교장 상'을 받았고 같은 해 유태인 상담센터로부터 '반짝이는 도시의 빛'(City Lights)상을 받았습니다.

가주에서 최고의 교육평가 지수를 자랑하는 학교의 책임자인 오 교장은 다음을 역설합니다.

“21세기 교육은 지식을 쌓고(knowledge building), 지식을 나누고(knowledge sharing), 지식을 창조하고(knowledge creation), 지식을 관리하는(knowledge management) 기술이 있어야 합니다. 그러나 학교는 학생들이 공부를 즐기고 생각할 줄 아는 사고 능력을 키워주는 것이 더 중요합니다. 그래서 학생들을 시험점수로 분류 하지 않고 학생 자신이 원하는 것이 무엇인가 또 자신이 잘 하는 것이 무엇인가를 깨닫게 하고 각 학생들의 무한한 가능성을 위해 정진할 수 있도록 용기를 북돋아 줄 수 있는 학교와 학부모가 되어야 합니다. 학부형이 교육에 참여하는 것은 학생이 학업을 성공적으로 마치는데 도움이 됩니다. 그래서 부모님들이 교육에 관한 궁금한 점을 항상 자녀의 교사나 교장 선생님과 상의 하고, 학교의 뉴스레터를 읽고 웹 사이트를 찾아보면서 자녀가 다니는 학교 행사를 아는 것이 중요합니다.

그리고 학교 교장의 비전과 지도력, 교사의 열정과 헌신적 노력, 학생들의 출석률, 학교 안전도, 정학당하는 학생들의 숫자 등 이모두가 좋은 학교가 되는 중요한 요소입니다.

학교는 학생들만 배우는 곳이 아닙니다. 학생들과 관계된 여러 어른들, 즉 학부모와 교직원, 교사, 교장들이 계속 배우는 곳입니다. 학부모님들이 최근의 교육 정보를 알고 자녀가 다니는 학교에 지속적으로 참여하여 배우면 자녀 교육에 대해 근시안적이고 감정적인 것에서 벗어나 합리적인 판단을 할 수 있게 됩니다.

일반적으로 한인 학생들이 영어와 수학에서 시험점수는 좋습니다.

그러나 자신의 생각을 풍요로운 언어를 구사하여 글로 쓰고 조리 있게 말로 표현하며 깊이 있는 생각을 하고 토론(debate)도 잘하고 타인을 설득시킬 수 있는지는 곰곰이 생각해 볼 필요가 있습니다. 만일 그렇지 못하다면 이에 대한 훈련과 노력이 필요합니다. 또 한국학생들이 미국 학생들에 비해 덜 독립적이고 문제 해결 능력과 결단이 약한 것도 사실이니 노력할 점입니다.

또 각 학생들에겐 공부보다 인간 됨됨이 즉 인성을 키우는 것이 훨씬 중요하기 때문에 부모들은 어려서부터 자녀의 인지 능력 즉 학습능력 보다도 역경에 처했을 때 포기하지 않고 자신을 통제하면서 호기심을 갖고 탐구하여 끝까지 낙관적으로 완성해 내는 비인지 능력(non-cognitive skills)을 키워주는 것이 인생의 성공을 완성시키는 바탕이 됩니다.

이에 더해 한 국가나 한 인간의 품위는 배려와 포용의 범위에 의해 결정되는데, 가장 소외되고 힘없는 사람들을 그 사회가 어떻게 대하는가가 선진국의 측정인 것을 알아야 합니다. 그러므로 다양한 인종 속에서 타 인종과 다른 문화를 부정적인 시각으로 보기보다는, 문화적 다양성과 풍부함을 체험할 기회로 삼겠다는 열린 자세로 임 할 것을 권합니다."

ytn 라디오 방송 10/12/2015

#9

SAT II 한국어 교재를 쓰는 정인숙

한국에서 시청각 교육을 공부하고 7년 반 동안 문교부, 과학 교육국에서 청와대 상황 보고(Briefing)를 전담했던 정인숙 씨는 1979년 남편을 따라 로스앤젤레스에 왔습니다. 다음해 미국 초등학교에서 2개 언어 병용 교사(bilingual assistant)로 일하면서 한국 주말학교에 아이들을 등록시키고 엄마는 교사가 되었습니다.

당시 주말학교는 한국말 교과서는 물론이고 교과과정도 없었습니다. 그래서 이분이 제일 먼저 시도한 것이 인근 한국 학교 교장 선생님 세 분과 두 분의 교사들과 함께 한국말 교과서 출판 위원회를 결성했습니다. 그리고 두 자녀들의 한국어 교육을 생각하여 문교부 편수관에서 받아온 국어 책을 참고하고 선생님들의 한국어 수업 경험을 더하여 실정에 맞는 책을 만들어 교과서로 쓰면서 해마다 조금씩 개정 해 나갔습니다.

남부 캘리포니아 한국학원에서 교사 및 교장으로 12년을 일하면서 정인숙씨는 유치반부터 9학년까지를 위한 한국어 교과서 10권과 유치반부터 6학년을 위한 연습문제집 7권을 포함해 총 17권을 주도 출판했습니다. 이 책이 바로 현재 남부 캘리포니아 한국학원에서 교과서로 사용하고 있는 〈재미있는 한국어〉입니다.

1997년부터 선생님은 글렌데일 대학(Glendale Community College)에서 대학생들과 성인들에게 기초 한국어를 가르치면서 〈Real Life Korean〉 교과서와 워크북을 출판했습니다. 이 두 권이 정인숙씨의 18번째 와 19번째 책입니다.

SAT란 미국대학 입학 시 대학에서 학생들의 수능 자격을 평가하기 위해 요구하는 시험입니다. SAT I은 영어, 수학과 논술을 평가하는 시험이고 SAT II는 특정과목의 지식과 능력을 평가하는 시험 인데 외국어가 여기에 포함됩니다. 한국어가 9번째 SAT II 외국어로 등록되자 정인숙씨는 칼리지보드에서 요구하는 사항을 충족시키는 한국어 교재를 쓰기 시작 했습니다. 보통 500단어를 구사하면 한국어를 잘 한다고 알고 있지만 SAT II시험에는 3500단어를 알아야 하기 때문입니다. 이를 위해 5년간의 노력 끝에 한국어 연습용 문제집인 〈SAT II Korean with Listening〉을 출간하여 세계최대 온라인 쇼핑몰 아마존과 미국에서 가장 큰 서점 체인 barns & nobles에서 구매할 수 있게 했습니다. 이 책이 출간되고 정인숙씨는 한국 문교부 교육국으로부터 표창을 받았습니다.

그러나 미국 교육국에서 요구하는 외국어 책은 'Foreign Language Frame Work'을 갖추어야 합니다. 아직은 한국어 구조를 이론적으로 설명한 책이 없기 때문에 정인숙씨는 10년 이상 이를 갖춘 한국어 책을 쓰는데 전념하고 있습니다.

ytn 라디오 방송 10/13/2014

#10

암전문의 모니카 류가 제안하는 외국어 한글 표기

암전문의 Dr.모니카 류는 문교부 장학금을 받고 이화여대 의과대학을 졸업하고 1980년 시라큐스에 위치한 뉴욕 주립대학, Science Center에서 방사선 암 전문의가 되었습니다. 현재 Kaiser Permanente 그룹에서 일하고 있으며 26개의 전문 분야 논문을 발표했고 12번 이상의 학회 강연을 했습니다. 그동안 유방암 종합 전문 클리닉을 만드는데 기여한 상, Walter Lusk 상, 2012년 레지던트들이 뽑는 '올해의 교육자' 상도 수상 했습니다. 현재 Marlborough 사립 여학교와 또 2003년에 설립된 Uganda AIDS Orphan Children Project(UAOCP)의 이사로 활동 하고 있습니다.

Dr. 류는 2015년 6월 20일 세계 한민족 여성 네트웍(KOWIN) LA 지회가 개최하는 1.5~2세 한인 여성리더들을 위한 '꿈을 가져라 -

DARE TO DREAM' 컨퍼런스의 주제 강사였습니다. 이 모임의 초청강사는 정치, 경제, 문화, 법률, 의학, 과학, 재정 그리고 비영리단체 등에 종사하는 Korean American Women Leader 7분인데 이분은 방사선 치료에 대한 패널토론을 맡았습니다.

Dr, 류는 환자의 이야기를 기본으로 의학에 대한 올바른 이해와 교육적인 내용을 담은 에세이 형식의 '오픈 업' 칼럼과 '건강' 칼럼을 미주중앙일보에 쓰고 있습니다. 그리고 한국어와 한국문화의 전파를 목표로 하는 한글진흥공사(Foundation for Korean Culture and Language)의 이사로 일하면서 외국어 한글 표기에 대해 특별한 관심을 가지고 있습니다. 이분은 한글이 과학적이고 쉽게 배울 수 있지만 몇 가지의 발음은 표기가 어려워 원어와 너무 달리 표현되기 때문에 상호 이해에 문제가 있음을 지적합니다. 요즘 신문에 자주 오르는 고도 미사일 방어 즉 '사드 THAAD'가 좋은 예입니다. 원래 〈TH〉발음은 이 사이로 나오는 시옷에 가까운 소리와 목이 움직이는 디귿에 가까운 소리가 있는데 THAAD를 '사드' 로 쓰거나 발음을 하면 외국인에게 뜻을 전달하기 어렵습니다. 그래서 독일어에서 모음 위에 움라우트(umlaut) 표기로 모음 변이가 되듯이 위의 TH, 또 F, L, R, V 자음 앞에 특정한 표기를 더하면 우리가 이미 머리로 알고 있는 원어 발음에 가까운 소리가 날 것을 기대하며 다음의 안을 제시합니다.

한글은 자음의 오른쪽 또는 아래에 모음을 붙여 하나의 글자가 되고, 글자는 오른쪽 방향으로 써 갑니다. 그래서 F, L, TH, V 네 자만이라도 구분해서 문제의 자음 왼쪽에 "•" 점 혹은 "~" 물결표로 표시하면 •ㅍ, •ㄹ, •ㄷ, •ㅂ 가 되고 읽는 사람은 이표기를 보고 발음기호를 의식하게 되어 원어에 가까운 발음을 할 수 있다고 생각합니다. 예를 들어 '커피' 라고 쓰는 것을 '커•피'로 표기 하면 [kɔːfi] 발음을 의식하여 발음하게 되고 'THAAD' 는 '•다드'로 쓰면 완전 시옷이나 디귿이 아닌 원어에 가까운 [θɑːd] 발음이 될 것을 기대합니다.

점점 더 외국말을 많이 섞어 쓰는 이 시점에서 우리글에 없는 외국글이나 말을 제대로 표현 할 수 있는 위와 같은 대처 방안이 있다면 'Pardon me!'를 연발하지 않고도 외국인들과 대화가 끊기지 않고 이어질 것이고, 언어를 통해 한국의 세계화에 도움이 될 것이라고 Dr. 류는 강조합니다.

ytn 라디오 방송 06/15/2015

#11

숭례문 복구위원 건축가,
'사랑의 글샘터' 문학 강사 최용완

건축 인생을 국보 제 1호 숭례문으로 시작하셨고, 2008년 2월 10일 숭례문 화재이후 숭례문 복구단 고증, 기술 분과위원으로 일하셨던 최용완 선생님은 서울대학교 공과대학 건축과를 졸업하고 남대문 중수공사 설계사로 또 문교부 문화재 전문위원으로 계시다 미국으로 유학오셨습니다.

1971년 미네소타 주립대 대학원을 졸업하고 설계실력과 부지런함을 무기로 백인들의 텃세가 대단한 미국 건축계에서 우뚝 선 건축가입니다. 로스앤젤레스에 있는 굿 사마리탄 병원 설계를 위시하여 미국대륙의 동부, 서부, 남부의 많은 병원 설계를 도맡아 하셨습니다.

선생님은 자본주의 사회에서 기업주는 숨어서 돈을 벌고 고용인은 평생 노예처럼 살다 직업을 마친다는 Auther Miller의 '세일즈맨의 죽음' 영화를 보신 후 그때까지 일하던 큰 회사의 직을 과감하게 접고 자신의 건축 사무실 계획을 세우셨습니다. 마침 미국 연방 정부에서 회사 창업을 지원하는 보조 정책이 있어서 지원을 받아 사무실을 열고 작은 관공서 건물 설계부터 시작했습니다.

회사는 비교적 순조롭게 성장하기 시작했지만 자신도 모르게 나오는 한국식 권위주의 때문에 사람 관계가 아주 어려워지고 직원들이 무더기로 떠나 회사를 옮기는 일까지 있었습니다. 이런 위기를 겪으면서 선생님은 한국인 껍질을 벗기 위해 지도자 훈련을 받고 미국인 이웃의 충고에 귀도 기울이면서 그들의 일상 대인관계도 눈 여겨 보면서 무던히 애를 쓰셨답니다. 그리고 잔소리로만 여겼던 아내의 말과 이미 미국인이 된 아이들의 말도 경청하면서 차츰 이들의 권고가 고맙게 들리기 시작하고 회사 직원 한 사람 한 사람이 귀하게 느껴지기 시작했습니다. 점점 직원과 함께 어울리고 가까워지면서 회사는 급속도로 성장했습니다.

최용완 사장님은 오하이오 주 데이튼 다운타운에 3층 사무실 건물을 사서 내부 구조를 개조하는 한편 자신의 호주머니에서 십만 불을 내어 한국 참전 용사들의 기념 공원 설계를 기증했습니다. 그리고 3,000여명의 한인들을 위해 한인회 회장, 이사장, 민주평화통일 지부장의 임무도 수행했습니다. 회사는 오하이오 주 모범회사로 상을 받았고 한국 정부에서는 한국인의 위상을 높여준 공로로 대한민국 대통령

표창장과 공로상도 수여하였습니다.

대학교 건축, 병원건축, 교도소, 공공시설, 공원, 야구경기장 등의 큰 설계계약을 맺으면서 토건, 냉난방, 수도하수, 실내 디자인까지 약 100여 명의 직원과 그들이 거느린 가족 400여 명의 생활을 보장하는 단단한 사업의 기반을 닦은 것입니다. 65세가 되자 최 선생님은 은퇴를 선언하고 십여 년 동안 애써 온 직원들의 노력의 보답으로 2백만 불 가치의 회사를 직원들에게 단 1불을 받고 넘겼습니다.

선생님은 은퇴 전부터 생각해온 '세계가 종교전쟁으로부터 벗어나는 길', '동아시아의 세계적 위치를 알리는 길'을 생각하며 글쓰기 창작으로 삶의 길을 바꾸어 현재 한미 가정상담소에서 모이는 '글 샘터 문학 동우회'의 회장을 맡고 있습니다. 문학 동우회는 글쓰기를 좋아하는 한인들의 모임으로 지난 수년간 많은 시인과 수필가들을 배출했습니다.

저서로는 〈한국 건축 문화사 (1965)〉, 〈새로운 눈에 보이는 세계 (2006)〉 와 시집 〈무등산 가을 호랑이〉가 있습니다.

ytn 라디오 방송 11/24/2014

#12

적십자사 VISTA 프로그램으로
케네디 대통령을 만난 Dr.권(정)영애

적십자사는 원래 인간의 생명과 건강을 보호하며 인간의 존엄성을 존중하고 어려운 이웃에게 사랑과 희망을 몸소 행하는 기관입니다. 1962년 8월, 미국 적십자사는 창설 100주년 기념행사의 일환으로 외국 학생의 미국 방문 프로그램인 VISTA(Visit of International Student to America)프로젝트를 계획 실행했습니다. 이 행사의 취지는 똑똑하고 지도력이 있으며 적십자정신을 가지고 봉사 활동을 해온 고등학생을 전 세계에서 뽑아 미국에 초대하여 미국 적십자사의 활동 및 미국의 문화와 민주주의를 가르치는 것입니다.

그때 VISTA 프로그램에 세계 47개국에서 119명이 참석했는데 한국에서는 정영애 씨 와 현 실크로드 세계시민운동을 이끄는 곽영훈 씨,

UN 사무총장인 반기문 씨, 그리고 신은주 씨 4분이 선발되었습니다.

정영애 씨는 어려서부터 고아원과 달동네 불우이동 돕기를 투철하게 했습니다. 한 겨울, 그가 도와주던 고아원 아이들이 내복 없이 떨고 있는 것을 알고 부모님에게 크리스마스 선물을 안 받는 조건으로 300벌 내복을 사서 그들에게 보냈고 고등학교 2학년 때는 국제 청소년 지도자 강습을 연수하고 경기 여고 적십자사 지부장을 했습니다. 이런 일들이 정영애 씨가 Vista에 선발된 이유였다고 본인은 생각하고 있습니다. 한국 적십자사 유중근 총재와는 어려서부터 같은 관심을 가지고 같이 일을 해온 절친한 사이랍니다.

정영애씨는 당시 개량 한복인 아리랑 드레스를 입고 VISTA 프로그램에 참석했습니다. 주요 일정은 UN본부, 적십자사 본사, 백악관 방문이었습니다. 뉴욕에서 UN본부를 방문했을 때 모의 UN 회의를 했는데 정영애씨가 소련 좌석에 앉아 후루시초프가 했던 대로 신발을 벗어 책상을 두드려 모두를 웃겼답니다. 또 프로그램 중에 메트로폴리탄 오페라의 흑인 가수, 마리안 앤더슨(Marian Anderson)이 독창을 했는데 그때가 인권운동 막바지 무렵이어서인지 그분의 노래가 가슴 깊이 와 닿는 경험을 했답니다.

백악관 관람 때는 케네디 대통령이 앞줄에 앉았던 정영애 씨에게 악수를 청하며 어디에서 왔는가를 묻고 연설을 하셨는데, '뜻이 있는 사람들은 누구든지 저 높은 경지를 향해 도약해 보겠다는 꿈이 있고, 그것을 이루기 위해 정진한다.'는 내용이었습니다. 그때 케네디 대통령이 강조하시던 인류애에 대한 말씀이 정영애씨 뇌리에서 떠나지 않아서 아직까지도 의사로서 환자를 볼 때나 사회 활동을 할 때 인간의 생명과 존엄성을 먼저 생각하게 되고 나름대로 인류애를 실천하려고 노력해 오고 있다고 말 합니다.

정영애씨는 연세대학교 의과 대학을 졸업하고 1973년에 미국에 와서 브루클린 New York에서 소아과 수련의를 하고 의과 대학의 강사로 또 소아과 의사로 임상을 하고 있습니다.

이분은 한국인의 삶과 정서에 관심을 가지고 1920~30년대 부모님 세대와 이민 1세대, 그리고 2세인 다음 세대까지를 다루는 글을 쓰고 있습니다. 최근에는 미국 소아과 학회지에 'Haitian Sun'을 발표했습니다. 늘 community health fair 등을 돕고 있으며 미국단체든 한국교회든 멕시코 진료를 도와달라는 요청을 본인은 거절한 적이 없답니다.

ytn 라디오 방송11/17/2014

#13

Do San Ann Chang Ho Memorial Interchange Sign판과 장익근 목사

장익근 씨는 9년 동안 배화여고 선생님으로 학생들을 이화여대 약학과에 많이 입학시킨 화학 선생님입니다. 1977년 미국에 이민 와서 사업을 하며 신학공부를 하여 1998년 목사 안수를 받았습니다.

한국에서 함석헌 선생님의 강연을 열심히 들으며 함 선생님의 개인 잡지 〈씨알의 소리〉가 재정이 어려울 때 1년 구독료 25명분을 낸 것도 장익근 씨의 알려진 이야기입니다. 이런 일들이 인연이 되어 함 선생님이 미국에 오실 때마다 한 달, 때로는 4달 까지도 바닷가를 산책하실 수 있는 장 목사님 댁에 머무셨습니다. 함 선생님 뿐 아니라 55년간 일일일식(一日一食)을 하며 기독교적 입장에서 타 종교를 이해하고 해석하신 김흥호 목사님, 민중 신학의 창시자로 불리는 안병무 교수, 허 역 교수 등은 모두 장 목사님이 존경하고 가까이 모시던 분들입니다. 장 목사님이 안창호 선생님에 대해 깊이 알게 된 것도 함석헌 선생님의 영향이라고 합니다.

도산 안창호 선생님은 고종 재위 후반기, 국가의 주권도 있었고 왕도 있었지만 나라에서 백성의 안위와 생명을 지켜주지 못했던 시대에 "내 인생의 주인공은 나다!", "내 나라가 우선 `바로 서야 하고, 내 나라가 바로 서려면 교육이 필요하다." 며 교육의 필요성을 강조하신 분입니다. 1902년 안 선생님 내외분이 교육학을 공부하시기 위해 리버사이드 대학에 유학 오셨을 때 오렌지농장에서 고생하는 한인노동자들을 만나셨습니다. 이들은 희망이 없이 앞마당 잔디도 안 깎고, 페인트칠도 안 하는 무질서 속에서 밤늦게 까지 술 먹고, 고향이 그리워 고성 방가하는 희망 없는 생활로 일본 감독관으로부터 멸시를 받고 있었습니다. 안창호 선생님은 이들을 보시면서 북받치는 분노를 느끼셨습니다.

도산은 교육학 공부를 포기하고 고생하는 동족들의 가슴 속에 민족의 자긍심을 일깨워 주겠다는 결심을 하셨습니다. 선생님은 이들과 같이 일하면서 시간 날 때 마다 이들의 집을 정성껏 청소해주고 잔디도 깎아주셨습니다. 그리고 저녁에는 이들에게 영어, 미국역사, 성경 가르치는 일에 혼신의 힘을 다 바치셨습니다. 이렇게 온 몸으로 실천하는 도산의 헌신적 사랑을 보면서 미국사람들은 이제까지 열등국민으로 알고 있던 한국 사람들에 대한 생각이 바뀌었습니다. 그리고 변화된 한국 사람들의 삶의 모습이 리버사이드 시민들에게 소문이 나기 시작했습니다.

도산은 농장주를 찾아가 한국인들의 교육을 위한 장소와 예배당의 필요함을 강조하고 일 년 후에 갚겠다는 약속 하에 1,500 불을 빌렸습니다. 그런데 집터를 고르고 교회를 지으려고 기초공사를 하는 중에 한인 노동자들이 '도산이 농장주에게 빚을 져서야 되겠는가?' 하면서 각자의 주머니를 털어 한 달 만에 그 큰 돈을 다 갚자 농장주는 또 놀랐습니다. 이로 인해 각 도시의 신문을 통해서 도산의 헌신이 대대적으로 알려졌습니다.

세월이 한참 흐른 2001년, 리버사이드 시는 도산의 헌신을 기념하기 위해서 시청 옆에 동상을 세우고 2004년에는 세계에서 가장 번잡한 L.A. Downtown Interchange에 4개의 Do San Ann Chang Ho Memorial Interchange라는 Sign판을 세웠습니다.

장 목사님은 그 Sign판을 볼 때마다 도산 안창호 선생님을 기억하고 그의 가르침을 생각한다고 말씀합니다.

지금은 Do San Ann Chang Ho Memorial Interchange Sign판 3개는 없어지고 110번 프리웨이를 올라가다가 10번 프리웨이 바로 전 오른쪽에 하나가 남았다며 섭섭한 마음을 감추지 못하는 장 목사님과 듣는 우리 모두가 안창호 선생님의 뜻을 생각하면서 한동안 말문을 열지 못했습니다.

ytn 라디오 방송 10/19/2015

#14

미 국방 외국어대학에서 한국어를 가르친 이초혜

이화대학교에서 국문학을 공부한 이초혜씨는 1979년에 지사 근무차 도미한 남편을 따라 3남매와 함께 남가주에 정착했습니다. 토랜스에 있는 El Camino Community College에서 영어와 그림을 공부하며 주말학교인 남가주 사우스베이 지역학교의 교사와 교장을 역임했습니다. 1999년 5월부터 중 캘리포니아 몬테리 소재 미 국방외국어대학 한국어선생님으로 임용되어 십 년 가까이 재직했습니다.

미국 대학에서 한국어 교육은 1943년 UC Berkeley의 최봉윤 교수가 학교의 재정적 도움 없이 한국어 과목을 설치하고 가르치기 시작한 것이 처음입니다.이와 비슷한 시기인 2차 대전 말엽 미 국방부는 텍사스에 군사영어학교를 설립하여 우방국 군인들에게 영어를 가르쳤고 이어서 잠재적 적대국가 (Potential Adversary)의 언어를 가르치는 D. L. I.(Defense Language Institute)를 시작했습니다. 이것이 미 국방 외국어대학의 시작이었습니다. 현재는 총 23개국의 언어를 3천 5백여 명의 미 육군, 공군, 해군 및 해병대에서 선발된 학생들에게 교육하고 있습니다. 이 학교에서 가르치는 100명이 넘는 한국어 선생님은 자체 교수진이 만든 교과서를 사용하여 일 년 반 동안 한국어 듣기, 말하기, 읽기, 쓰기를 가르칩니다. 또 한국 문화에 익숙해지도록 한국 영화, 드라마, 뉴스, 비디오 등의 시청각자료와 여러 가지 보조 자료를 쓰고 새로운 문화 행사를 통하여 현장 실습도 합니다. 수업이 끝나면 학생들은 군사훈련에 지장이 없도록 모두 소속 군에 돌아갑니다.

국어국문학을 전공한 이초혜씨는 미 국방 대학에서 노래 가사나, 시, 시조 등을 통하여 한국의 문학을 가르치며 보람을 맛보았다고 합니다. 또 학생들의 글과 시, 그리고 김소월, 한용운, 황진이 문학 작품을 전시하는 시화전을 열기도 했으며 학생들에게 서예를 지도하여 본부로부터 문화 향상의 공로자로 감사패를 받기도 했습니다.

국제PEN한국본부가 수여하는 해외동포창작문학상등 여러 문학상을 수상한 이초혜 씨는 문집인 〈창 밖엔 치자꽃이〉, 그리고 한영시집인 〈시간의 바람결〉을 출간했습니다. 작년, 서울시가 시인들을 대상으로 한 공모에 뽑혀 금년부터 3년간 서울 지하철 안전 문에 이초혜 시인의 '겨울나무'가 게시되고 있습니다.

ytn 라디오 방송 08/31/2015

#15

32 년간 남부 한국학교와 오렌지 글 사랑 모임을 시작한 정찬열

우리 2세들의 한국어와 뿌리 교육을 위해 한국학교를 설립하고 오렌지 글 사랑 모임을 시작한 정찬열 선생님은 중학교를 졸업하고 4년간 농사를 짓다가 스물한 살에 고등학교에 입학하여 졸업했습니다. 1972년 국내에 처음 도입된 한국방송통신대학을 제 1회로 입학하여 졸업한 다음 성균관 대학교, 전남대학교 대학원을 졸업하고 중등학교 교사로 계셨습니다.

1984년에 미국으로 이민 와서 같은 아파트에 사는 한국 아이들이 한국말을 하지 못하는 모습을 보고 장차 태어날 선생님의 자녀들도 저들과 똑같은 처지가 되겠구나 하는 생각이 들어 2세들의 한국어 교육과 뿌리교육에 관심을 두게 되었답니다. 그 해 이웃을 따라 찾은 교회에서 한국학교를 시작하자는 권유를 받아 일요일에 수업을 하는 한국학교에 발을 내딛게 되었고, 순교자 천주교회에서 설립한 무궁화 한국학교에서 8년, 그리고 1995년에 설립된 오렌지카운티의 남부 한국학교에서 20여 년 동안 교장을 역임했습니다. 이에 대한 격려의 의미로 2002년 한미교육연구원 으로부터 '페스탈로치' 상을 받았습니다.

선생님은 한국말 교육뿐 아니라 문학 모임에도 힘을 쓰는 분입니다. 오렌지카운티에서 우리글을 사랑하는 일곱 분과 함께 '오렌지 글 사랑' 모임을 만들어 매월 문학공부를 해온 것이 금년 7월이면 창립 20주년이 됐고 5년 전부터는 '매주 목요일 글쓰기 공부'를 가르치고 있습니다. 그동안 글 사랑 모임을 거쳐 간 2백여 명의 회원들은 주로 이민생활의 애환을 글로 풀어내고 싶어 하는 중년 이상의 아주머니들이고 또 자서전을 써서 후손들에게 남기고 싶은 분들이 많습니다. 글 사랑 모임을 통해 35명이 시, 수필, 소설, 평론 분야에 등단을 했고 현재 많은 분들이 이 곳 문단의 중견 작가로 활동하고 있습니다. '오렌지 글 사랑' 모임은 본국의 작가들과는 달리 이민 문학이라는 독특한 장르로 한국 문학의 지평을 넓히고 있습니다.

정찬열 선생님은 1999년 미주 중앙일보 신춘문예에 시 '마중'으로 등단했습니다. 현재 '오렌지 글사랑', '글마루' 동인으로 작품 활동을 하고 있으며 미주중앙일보와 미주한국일보에 글을 싣고 있습니다. 2002년부터 광주매일신문에 격주로 4년 넘게 칼럼을 연재한 글들을 모아 2006년 산문집 〈쌍코뺑이를 아시나요〉를 발간했습니다.

현재 정찬열 선생님의 가장 큰 관심은 후세를 위해 어른들이 해결해 놓아야 할 조국 통일입니다. 남북이 평화롭게 왕래하는 일, 최소한 한반도에서 다시 전쟁이 일어나지 않도록 개인의 힘과 지혜를 다해야 한다는 생각과 노력으로 평통위원을 3기 역임했고 2005년 LA 평통위원 방북단으로 북한을 방문하기도 했습니다. 2009년 통일을 기원하며 걸어서 국토종단한 일을 글로 엮은 〈내 땅, 내 발로 걷는다〉와 2011년 도보 국토횡단을 적은 〈아픈 허리, 그 길을 따라〉를 발간했습니다. 그리고 2015년 11월 〈산티아고 순례길 따라 2000리〉도 출간했습니다.

선생님은 '사람이 힘이고 사람이 희망이다. 살맛나는 세상을 만들기 위해서는 사람과 사람 사이의 소통이 첫걸음이다.'를 강조하십니다.

ytn 라디오 방송03/16/2015

#16

한인 비지니스 코치,
국제 경영 관리 교수 오문성

오문성 교수는 서울대학교 법대에서 상법으로 학사와 석사 학위를 받고 1962년 한국 정부 선발 장학생으로 미국에 오셨습니다. 코넬 대학에서 마케팅으로 MBA를 하고 UPEN(university of pennsylvania)에서 국제 비즈니스 경영관리학 전공으로 박사학위를 받았습니다.

인디아나 대학 Ft.Wayne Campus에서 대학 교수로 재직하다 풀브라이트 교환교수로 영국의 Nottingham Trent대학에서 1년간 강의 했고 1976년 한국 과학기술 연구소(KIST) 경제 분석실의 초빙연구원이었습니다. 1980년부터 캘리포니아주립대학(Cal State L.A.)에서 마케팅과 국제경영학(International Business)을 가르치다 2010년 명예교수로 은퇴했습니다. 그동안 캘리포니아주립대학 부설 세계 무역교육

연구소 소장을 역임했고 한국, 중국, 일본 등지에서 온 연수단을 위해 단기 연수 프로그램 을제공했습니다. 또 학생들의 안목을 넓히게 위해 유럽과 아시아 여러 나라로의 수학여행을 인도했습니다.

교수님은 인근에서 사업을 하는 한국 사업가들에게 전문가로서 다음과 같은 조언을 많이 했습니다.

-대부분의 한인업소가 노동집약적인 업종인 만큼 인건비, 렌트 비용의 절감방안을 연구하고 고려 할 필요가 있다.

-절전형 전구 교체 등을 통해 에너지 비용을 줄이는 경비절감을 하는 것.

-가격인하, 연말 쇼핑 시즌용 판촉 프로그램을 앞당겨 매출증가를 시킬 것.

-매출확대를 위해서 제품, 가격, 판촉, 유통 등 4가지 조건의 유기적 결합이 필요한데 소매업체의 입장에서는 가격조정이 가장 쉽고 효과가 빠른 방법이라는 것.

-불경기 때 소매업체에게 가장 필요한 것은 고객확보인데 기존 고객에게는 쿠폰이나 방문 횟수에 따른 무료이용권 등 인센티브 프로그램을 실시하고 신규고객은 특별할인 등을 고려하라는 것 등입니다.

오 교수님이 해 오신 여러 가지 사회봉사 활동 중 가장 보람 있고 만족스러웠던 경험은 한미장학 재단(KASF)의 이사에 이어 전국 이사장으로 일하신 것입니다. 사모님과 함께하는 사교댄스와 여행이 취미이고 지금까지 60개 국가를 방문 여행 하셨습니다.

#17

43년 동안 발전해 온 남가주 한국 학원과 현 이사장 정희님

1972년 2월 송철씨를 비롯한 몇몇 뜻있는 교포 유지들이 모여 자라나는 동포 2세들에게 한국어 교육을 통해 한국계 미국시민이라는 정체성을 확고히 하고 미국 주류사회를 이끌어 나갈 인재들을 키우자는 뜻있는 사업을 결성했습니다. 그해 5월 13일, 무궁화 학원이라는 이름으로 29명의 학생이 동지회관에서 첫 수업을 시작한 것이 43년의 역사를 자랑하는 남가주 한국 학원의 전신입니다.

초대교장인 동요작가 권길상 선생님은 한국동요를 통해 한국어를 가르치며 합창단을 조직하고 1973년에는 합창단을 이끌고 모국을 방문하여 KBS, MBC 방송에서 합창 연주를 했습니다.

1976년부터는 자체적으로 국어교재를 만들었고 1978년, 노재민 교장이 취임하여 학기제를 도입하고 3년 이수하면 졸업을 시키는 학교

다운 체재를 갖추게 되었습니다.

1978년 첫 교과서를 편찬하고 그해 9월에 산 페르난도 밸리 지역에 제 1분교를 설립했습니다. 1979년 2월 지금의 LA 지역 한국학교인 호버트(Hobart) 초등학교로 이전하여 학교다운 면모를 갖추고 4월에 교가를 제정하였습니다. 그해 5월부터 학교 건축기금 모금 운동을 시작하였고 비영리 단체로서 인가를 받았습니다.

1981년 재단법인 남가주 한국학원으로 학교명칭을 변경하고 자체 건물을 위한 건축 기금모금 활동을 활발히 했습니다. 1984년 2월, 학원본부인 4900 윌셔 가에 학교 건물을 매입하고 1985년 2월 북미 최초의 한국인이 세운 사립초등학교가 개교되어 30년간 꾸준히 2세 자녀들은 물론 타민족들도 함께 공부하고 있습니다. 같은 해 4월 캘리포니아 주 교육국 교육위원회에서 한국어를 제 2외국어로 공식 채택하도록 남가주한국학원이 주도적인 역할을 하였습니다.

1985년부터 합동 운동회를 개최하기 시작하여 올해는 프랭크 보낼리 지역 공원에서 1,600여명의 한국 학교 학생들이 모여 푸른 풀밭위에서 뛰며 줄다리기, 큰 공 터트리기, 릴레이 등을 통해 심신단련을 했습니다. 이때부터 학교신문이 발행하기 시작했고 1995년부터는 1년에 한 번씩 '사귐의 동산' 학원잡지가 발행되어 올해로 20호가 발행됩니다.

1997년에 서부학교협회(Western Association of Schools & Colleges, WASC)의 일원으로 건물 구입을 위해 교포사회의 모금과 한국정부가 3백만 불을 보조하였습니다. 이 학교가 주동이 되어 한국어를 SAT II에 채택시키기 위해 1만여 명이 서명하여 미국대학 위원회에 청원하였고 드디어 1997년 11월 1일, 첫 한국어 SAT II 시험을 치게 되었습니다. 첫해 1명의 만점자, 이듬해 5명, 현재는 매년 30명 이상의 만점자를 배출하고 있습니다.

1. 한국인의 긍지를 가지자. 2. 모국의 문화를 배우자. 3. 훌륭한 시민이 되자. 이 셋을 학교의 교육이념으로 삼고 이끌어온 남가주 한국 학원은 1년 행사 계획표를 정해놓고 각 지역학교의 행사, 설날, 추석, 한글날, 그리고 삼일절 행사를 통해 한국의 전통과 문화 교육을 실시하며 계속 발전하고 있습니다.

현재 백만 불 예산으로 1700명의 주말 학생들과 120명의 직원으로 구성된 남가주 한국학원의 이사장직을 맡고 있는 정희님씨는 이화여자대학교 문리과대학 국어 국문학과를 졸업하고 서울 홍익대학교 부속 여자중학교 국어교사를 6년간 했습니다. 1977년에 미국에 와서 LA 카운티 직원으로 일하면서 남가주 한국 학원 일을 시작하여 2009년부터는 남가주 한국학원 부이사장직을 맡았고 이어서 이사장이 되었습니다.

ytn 라디오 방송 08/03/2015

#18

29년 동안 장학사업을 해 온
남가주 경기여고 장학재단과 초대 이사장 박현덕

1973부터 조직된 경기여고 남가주 동창회의 임원들은 동문의 회합과 친선뿐 아니라 좀 더 사회에 이바지하는 동창회가 되어 보자는 뜻으로 1985년경 경기 장학회를 시작했습니다. 1987년 캘리포니아 주에 비영리 재단으로 등록 하고 한명의 장학생에게 $500을 수여했습니다. 해가 지나면서 장학금 액수가 $1,000로 또 $1,500으로 늘었고 지난 29년간 배출한 장학생 수는 260명에 달합니다. 처음에는 동창들의 자녀들에게 국한되었으나 한인사회 학생들과 여학생의 지도력을 고양시키기 위해 Leadership Award를 수여했고 이에 더해 LAPL–Pio Pico Koreatown Branch Library, 푸른 초장의 집, 한미 Family Center, KAFSC, homeless support 등 사회에 공헌하는 몇몇 기관에도 경기여고 도움의 정신을 나누었습니다.

전체 기금은 동창들이 십시일반 기탁한 성금을 기본으로 조성되었고 자산에서 파생되는 이자와 일 년에 두 번 기금모금을 통해 운영되고 있습니다. 장학금 수취자는 교육계에 종사하는 동문들을 선정 위원으로 하고 관련서류를 검토 평가하여 객관성을 유지하여 선정하고 있습니다. 또한 동문들의 개별 장학금도 있습니다. 사별한 문정자 동문 가족들의 기부로 2012년부터 10년간 주는 Yang Jung Ja Scholarship, 2014년부터 5년간 4~5명에게 주는 홍라희 장학금, 2015년부터 대학입학에서 졸업까지 4년간 주는 황춘자 장학금도 있습니다. 그동안 장학금을 받은 학생들 가운데는 학업을 마치고 직장을 얻고 고정적인 수입이 생기자 적지 않은 금액을 장학재단에 기부하여 수혜자가 기부자로 변한 학생도 있고 학교 졸업 후, 첫 번 월급 전액을 장학 기금으로 보낸 사람도 있습니다.

경기여고 남가주 경기재단을 이끈 박현덕 초대 이사장은 이화대학교 영어 영문학과를 졸업하고 1959년에 미국에 왔습니다. UCLA 대학원에서 영어영문학을, PACIFIC UNIVERSITY에서 교육학 석사를 했습니다. 40여 년간 미국 초등학교 교사로 또 10년 동안 교육학을 전공하는 사범대학 학생들에게 멘토가 되셨던 만년 교육자이십니다. 초대 이사장 박현덕씨에 이어 고중영, 장경자, 유기청, 이희경, 김순진 문정자, 이현숙, 전혜숙씨가 이사장직을 역임했고 2016~17년은 신순희 이사장이 재직 중입니다.

1908년 한성 고등 여학교로 세워진 경기 여고의 교육열이 남가주 젊은 학생들의 꿈과 희망을 키우는데 도움을 주는 장학재단으로 이어지고 있습니다.

ytn 라디오 방송 12/28/2015

#19

사랑은 명사가 아니라 동사라고 강조하는 노경선 박사의 책 <아이를 잘 키운다는 것>

〈아이를 잘 키운다는 것〉은 소아 정신과 분야에서 '대한민국 최고 명의'로 뽑힌 노경선 박사가 쓴 책입니다. 저자는 의과 대학과 병원이라는 생생한 현장에서 40년 동안 쌓아온 자녀 교육의 노하우와 행복한 아이로 키우기 위한 10 가지 덕목을 다음과 같이 제시합니다.

1. 부모와 자녀는 무조건 친해야 한다.
2. 가정에 민주주의를 도입하라.
3. 만 3세 이전에는 주 양육자를 바꾸지 마라.
4. 아이 때문에 화가 날 때는 '일단 멈춤'하라.
5. 때려서는 아이의 나쁜 행동을 고칠 수 없다.
6. 가정에 재판 절차를 도입하라.

7. 학원에 보내는 것만이 능사가 아니다.

8. 과잉보호는 아이의 정서적 성장을 방해한다.

9. 컴퓨터 하는 꼴은 봐야 한다.

10. 사춘기 자녀들은 부모와 거리를 두어야 한다.

이런 것 말고도 '아이와 계속 놀아 주어라. 부모들은 자녀가 어떤 생각을 하며 사는지 끊임없이 물어 봐야 한다. 이랬다 저랬다 하는 부모가 떼쓰는 아이를 만든다. 아이의 문제는 100% 부모와의 관계에서 생긴다.' 등을 부모가 알아야 한다고 조언합니다.

아이의 버릇을 고치려면 나쁜 버릇을 없애려고 하기보다 좋은 버릇을 칭찬하는 것이 효과적이랍니다. 아이를 반성시키고 마음을 가라앉히는 타임아웃은 한 살 된 아이에게는 1분, 세 살짜리는 3분, 다섯 살 아이는 5분 정도면 족하고 너무 길거나 무서우면 오히려 엄마를 원망하게 됨으로 조심하라고 노경선 박사는 조언합니다.

부모는 아이에게 늘 사랑을 표현하되 연애 할 때 사랑하는 사람의 감정과 행동에 민감하듯 아이에게 민감해야 합니다. 제대로 먹고 있는지, 입고 다니는 옷에 만족하는지, 공부하라는 잔소리가 지겹지 않은지, 필요한 것은 없는지를 알아야 합니다. 아이를 모르고 자꾸 돌만 던지면 겉으로는 멀쩡해 보여도 돌에 맞은 상처는 아이 마음에 고스란히 남게 되고 언젠가는 폭발하게 됨으로 조심하랍니다. 이렇게 아이 마음을 민감하게 읽은 부모는 아이가 편안하도록 필요한 조치를 행동으로 반응해 주어야 합니다. 사랑은 명사가 아니라 동사입니다. 12개월까지의 아이는 무조건 원하는 대로 해주고 그 이후는 아이와 의논해서 아이에게 최선의 방법을 선택하도록 하는 것은 제일 좋은 방법인데 이것은 아이와 부모간의 대화에서만이 얻어지는 결과라고 합니다.

또 다른 조언은 적어도 60% 이상은 일관성이 있도록 노력하라고 강조합니다. 어떤 때는 불편하냐고 묻다가도 어떤 때는 본체만체하면 아이는 부모를 믿을 수 없게 됩니다. 아이에게 민감하고 일관성 있게 반응하되 행동으로 표현해 주는 부모는 편안하고 행복한 아이를 키울 수 있으며 아이가 사춘기라도 좋은 관계를 유지 할 수 있다는 것 등이 모두 이 책 안에 쓰여 있습니다.

Dr.노경선은 연세대 의대를 졸업하고 1968년에 미국에 와서 정신과 및 소아정신과 전문의로 활동하면서 콜롬비아 대학과 메릴랜드 주립대학, 일리노이 주립대학의 소아정신과 교수를 역임했습니다. 한국에 돌아와서는 강북삼성병원 소아정신과 과장, 성균관 의대 정신과 임상교수로 대한 소아청소년 정신의학회 회장을 지내면서 국내 소아정신과 치료의 지평을 연 분입니다. 저자는 이 책이 아이들의 인성발달 과정을 심리학과 소아 정신의학, 두뇌과학에 근거해 과학적으로 설명한 것이라 강조하면서도 오케스트라 단원으로 자주 집을 비워야 하는 엄마 대신 자칭 '심청아비'가 되어 아이와 놀아주며 키운 세 아이의 아빠가 쓴 책이라고 말하고 싶습니다.

#20

커뮤니티 공로상을 받은 어바인 한인학부모회와 캐롤 최회장

미주 한인들에게 어바인 하면 가장 먼저 떠오르는 단어는 '교육'입니다. 어바인 하이, 유니 하이, 우드브리지 하이, 노스 우드하이, 백맨 하이 모두가 남가주는 물론 미 전역에서도 가장 우수한 학교로 알려져 있습니다. 이렇게 평가를 받게 된 것은 어바인 통합 교육구(IUSD)내 각 학교에 조직되어 있는 한인학부모회와 이들 연합 모임(IKPA)의 적극적인 활동과 노력의 힘이 큽니다. 학부모님들은 교육구를 도우면서 한인사회의 이미지를 높이고 한국 문화를 주류사회에 널리 알리기 위해 다음과 같은 행사를 정기적으로 펼쳐 왔습니다.

어바인 한인학부모회에서는 매년 시에서 주최하는 '어바인 글로벌 페스티벌'에 전시부스를 마련하고 주민들에게 한국문화를 소개하고 있습니다. 2년마다 UC어바인 바클레이 극장에서는 'Soul of Korea'를 열어 어바인 지역 교사와 공직자에게 한국 문화의 우수성과 한국 전통의 얼을 알리고 공연 수익금은 재정난을 겪고 있는 UCLA의 한국 음악과를 도왔습니다.

교사연수 프로그램인 '페이스'(PACE: Program for Advancement of Cultural Education)에 많은 선생님들의 참여를 독려하여 한국의 역사와 전통을 알리고 한인 학생과 학부모의 입장을 이해하도록 도왔습니다. 또 10년 넘게 열고 있는 'Irvine Music Youth Festival'을 통해 한인 음악인재를 발굴해 배출시키고 있고 동시에 공연을 통해 얻어지는 수익금은 교육발전기금으로 쓰이고 있습니다.

이렇게 어바인 5개 공립 고등학교 한인학부모회가 참여하는 어바인 공립학교재단(IPSF)은 어바인 교육계에서 막강한 영향력을 발휘하고 있고 '교육도시 어바인'의 명성을 굳건히 하는 데 큰 몫을 했습니다. 이로 인해 어바인의 32개 학교 학부모회(PTA) 회장들의 모임인 전체 PTA 측은 이제까지는 교육 발전에 기여한 개인에게 수여하는 표창장을 한인 학부모회에게 수여했습니다. PTA가 특정 단체, 더구나 특정 소수계 커뮤니티 학부모회를 수상자로 선정한 것은 사상 최초의 일입니다.

이 모든 학부모회 행사를 추진해온 두자녀의 학부모인 캐롤 최 회장은 어바인 공립학교재단(IPSF) 이사로 일하면서 적극적인 기금 모금과 커뮤니티 행사참여 활동을 통해 한인 학부모회를 지역 교육계의 중요한 파트너로 인식시키는데 기여한 공로를 인정받았습니다. 이로 인해 어바인 시는 캐롤 최를 헌신적인 커뮤니티 지도자로 선정하고 시청 앞 공원 안에 1971년 조성된 '공로의 벽'(Wall of Recognition)에 캐롤 최의 명판을 부착하고 영구히 보존하고 있습니다.

캐롤 최는 여섯 살 때 미국에 온 한국말과 영어가 완전히 자유로운 1.5세입니다. UC 어바인에서 심리학을 전공했고 USC 대학원에서 병원 행정학과 MBA를 한 뒤 병원에서 근무하다 현재 남편과 함께 유통회사 UEC 회사를 창업하여 운영하고 있습니다.

#21

도서관을 천국으로 상상하는
고중령 관장

대학 도서관 관장이셨던 고중영씨는 이화 대학교 영문과를 졸업하고 1964년에 미국에 유학 왔습니다. University of Colorado에서 영문학 석사를 하고 South Carolina대학에서 도서관학 석사를 또 했습니다. 이분이 미국에 와서 처음 대학 도서관에 갔을 때 층층마다 끝이 안 보일 정도의 많은 책에 놀랐고 더욱이 대학원생은 무제한으로 책을 빌릴 수 있는 것에 대한 흥분이 도서관학을 공부하게 된 동기가 되었다고 합니다. 60년대 물자가 귀하던 한국에서 대학원생이라도 한 번에 다섯 권 이상 빌릴 수 없던 것을 기억하며 지금도 미국 도서관은 천국이라는 생각은 변함이 없다고 하십니다.

미국에서 도서관 사서가 되려면 도서관학 석사 학위가 있어야 하는

데 관장님이 Pasadena City College에 계시는 동안, 학위가 없고 직장이 없는 학생들에게 일할 수 있는 기회를 주기 위해 학교에서 30학점을 따면 자격증을 받아 도서관 사서를 도와 일 할 수 있는 '도서관 보조원 자격 프로그램'을 새로이 설치했습니다. 프로그램에 참여한 학사 학위가 있는 학생들은 후에 대학원 과정을 밟아 의연한 도서관 사서가 된 사람들도 있고 West Los Angeles College 도서관장으로 일하는 제자도 있습니다. 1992년에 시작한 이 프로그램은 23년이 지난 지금도 활발하게 운영되고 있습니다.

선생님은 2008년 학생들의 추천으로 'Best Teacher of the Year' 상과 학교 동료의 추천으로 'Ralph Story Best Service Award'를 수상했습니다.

이분이 Pasadena City College에 계시면서 보람을 느꼈던 또 하나의 일은 이 대학의 한인 학생 클럽의 고문으로 많은 학생들에게 용기를 준 것입니다. 초급 대학에 다니는 것을 부끄럽게 생각하는 이들에게 이 학교에서 일등 하면 UC에 가서도 잘 한다는 것을 잊지 말라고 격려했습니다. 또 자녀의 취미나 적성 보다는 의대, 법대를 숭상하는 한국 부모님들에게 자녀가 하고 싶은 분야를 갈 수 있도록 상담을 하고 격려한 것도 보람으로 생각하십니다.

유명한 시인이며 25년간 아르헨티나의 국립 도서관장을 지낸 호르헤 루이스 보르헤스(Jorge Luis Borges)는 "나는 항상 천국은 도서관과 비슷한 곳일 것이라고 상상해 보았다."라는 말을 했습니다. 선생님도 도서관 직원으로서 뿐만 아니라 지금까지 시간이 없어 읽지 못한 많은 책들을 읽으면서 여전히 마음의 고향은 도서관이고 그곳이 천국과 비슷한 곳으로 생각된답니다. 아마도 책을 좋아하는 사람으로서 책이 많이 있는 장소에 들어가면 왠지 몸이 편해지고 머리가 맑아지는 기분에 더해 초년병 사서일 때 감동어린 고마움을 베풀어 준 도서관 사서들과 도서관에서 학생들을 가르치면서 그들에게 도움을 주고 또 그들로부터 치하를 받을 때의 만족감과 행복감이 그 이유라고 말씀합니다.

선생님은 창의적인 아이디어와 열성으로 South Carolina의 Allen University와 California의 Pasadena City College 두 대학에서 8년 동안 도서관 관장을 했습니다.

ytn 라디오 방송 07/06/2015

#22

신토불이로 서양약초를 권하는
서양 약초 연구회 회장 홍대선

서양 약초 연구회 홍대선 회장님은 한국의 원광대학에서 동양철학과 동양의학을 연구했습니다. 삼라 한의과 대학에서 석사(M.S.)를 하고 캘리포니아 대학 어바인(University of California Irvine)에서 신경생물학(신경계의 해부·생리)연구를 했습니다. 현재는 산타아나 정형외과 그룹 한의사이고 동서 대학의 객원 교수입니다.

저서로는 정담출판사에서 출판된 〈Western Herbs 한의사가 꼭 알아야 할 서양약초〉와 〈Western Herbs and Its Healing Properties〉가 있습니다.

홍대선 회장님이 서양 약초 연구회를 시작한 것은 1992년 주변에서 흔히 볼 수 있는 관상용 서양약초가 단방(single herb) 캡슐(Capsule)

로 만들어 미국 건강식품점에서 약재로 판매 되고 있다는 사실을 알고부터입니다. 이것은 환자의 증상에 따라 여러 가지 약재(藥材)를 섞어 사용하는 한방의 한약재와 달리 단일 약초로 증상을 개선시키고 건강을 증진시키는 손쉬운 방법입니다.

홍 회장님이 진행하는 서양약초연구회 보수교육은 제품화된 약품이 아닌 원재료를 직접 확인하는 방법을 활용해 약초 기초지식에 중요한 정보를 제공해 오고 있습니다. 이것은 가주 한의학 보드에서 인정한 프로그램으로 홍 회장님은 주요 일간지에 서양약초에 관한 글을 연재하며 한의사 및 교민들을 상대로 강의를 하고 서양약초의 보급에 노력을 기울이고 계십니다.

신토불이(身土不二)는 몸과 땅은 둘이 아니고 하나라는 뜻입니다. 자기가 사는 땅에서 산출된 농산물이 체질에 잘 맞는다는 뜻입니다. 다시 말하면 미국에 사는 우리에게는 한국에서 온 약재가 아니라 이곳에서 생산되는 음식과 이 땅의 약초인 서양약초가 우리 몸에 더욱 효과를 발휘 할 수 있습니다. 왜냐하면 기후조건에 따라 우리의 몸도 영향을 받고 변해가며 질병도 이에 따라 발생하기 때문입니다.

원장님은 몇 가지 일상에 흔히 쓰이는 서양 약초를 여러분에게 소개합니다. 먼저 약방의 감초라고 할 정도로 여러 질환에 두루두루 사용되고 있는 국화과의 다년생 식물 에키네시아(Echinacea)는 면역기능을 강화시키고 감기, 독감 등의 예방 및 치료에 괄목할만한 효과가 있답니다. 에키네시아는 바이러스, 박테리아, 곰팡이 균등을 죽이는 능력이 뛰어납니다. 회장님 자신이 에키네시아를 복용하고 알러지에서 해방된 경험을 한 후 서양약초에 대한 신뢰가 더 깊어졌다고 말씀 합니다.

추수감사절 때 칠면조 요리 양념으로 많이 사용하는 세이지(Sage)는 변비 치료 뿐 아니라 기침 감기 천식 등의 폐질환계통의 대표적인 약재로 쓰이며 항산화효과가 크고 소화를 돕고 당뇨를 치료하는 데에도 효과가 있습니다.

인디언 쑥 또한 빼 놓은 수 없는 약재입니다. 기침의 원인이 외부적이든 내부 장기 기능 저하로 인해 나오는 것이든 기침에 효과가 있습니다. 또 인디언 쑥은 면역기능을 강화시키는 동시에 치료에도 효과가 있습니다. 기침에는 티스푼 반에서 한 숟가락 정도의 말린 잎을 끓인 물 1컵에 10분가량 담갔다 하루에 3번 마시는데 이 때 꿀을 타서 마시면 효과가 더욱 좋답니다. 변비에는 양을 배로 늘리랍니다.

교민들의 건강을 위한 것뿐만 아니라 미주 한의학 분야에서 서양약초 분야가 한의학 전문인들의 도전과 연구가 필요한 과제라고 강조하시는 원장님은 기존의 한약에 서양약초를 가미 한다면 이것이 바로 '미국한의학'의 독창성이라고 강조합니다.

ytn 라디오 방송 11/02/2015

#23

교통운수업 전문가로 부상한 토목공학 엔지니어 박순경, Susan Rani

여성 토목 엔지니어로 기반을 다져가는 박순경(스잔 박 Rani)씨는 아버지가 미국으로 유학 오신 후 유복자로 서울에서 태어났습니다. 11살 때에 아버지를 찾아 미국에 왔으나 이미 다른 여인과 가정을 이룬 아버지 집에서 힘든 어린 시절을 보냈습니다. 그러나 환경에 굴하지 않고 미네소타에 있는 Marshall University고등학교를 졸업하고 미네소타 대학에서 토목공학(Civil Engineering)을 전공했습니다. 대학에서 자신과 비슷한 환경의 레바논 친구 Mr. Rani를 만나 사랑하고 결혼을 약속했지만 두 가정 모두 타 민족과의 결혼을 반대하여 7년만에야 허락을 받고 레바논 교회에서 결혼하여 부부사이에 예쁜 두 딸을 낳아 행복한 가정을 이루었습니다.

남편은 기계 공학 기사로 일하면서 자신이 속한 직장에 만족하고 안주 할 동안 토목 기사인 스잔 박은 12년간 나가던 직장을 접고, 1993년 직원 두 사람을 데리고 Rani Engineering회사를 창업하고 수자원 개발 계획과 설계를 했습니다. 토목공학은 도로, 하천, 도시 계획 등 토목에 관한 이론과 실제를 연구하는 공학의 한 부문으로, 우리가 살아가는데 필요한 다리, 터널, 철도, 지하철 등의 교통시설, 발전소 같은 전력시설, 상하수도, 환경관련시설, 안전관리시설 등 각종 사회기반이 되는 시설물이 안전하게 작동하게 하여 최적의 기능을 할 수 있도록 설계 및 시공·유지하는 공학입니다. Rani Engineering은 20년이 지난 지금 50명이 넘는 토목기사를 가진 큰 회사가 되어 미네아폴리스 미테소타와 어바인 캘리포니아 두 곳에 회사가 있습니다.

이분이 대표인 Rani사가 특별 취급하는 분야는 교통기관(Transportation)과 단지개발(Site Development), 철도 신호 개조(Rail Signals services)를 계획하고 설계하는 일입니다. 회사는 이미 Minneapolis와 St. Paul 도시권 내의 교통규제 구역과 교통신호, I-35W 다리 재건축, Weisman 미술 박물관의 재건축 등을 시행한 바 있습니다.

지난 2014 5월, The Minneapolis/St. Paul Business Journal은 스잔 박의 뛰어난 17년간의 업적을 기리어 미네소타 트윈시티의 가장 성공적인 여성 사업가 51명 중 한사람으로 뽑았습니다. 2012년에는 미네소타 주로부터 새로운 분야를 개척한 여성 개척자 상을 받았고, 주지사의 추천으로 백악관에 기조연설자로 초대되어 안전한 교통운수업에 대한 강연을 했습니다. 여기서 스잔 박은 안전한 교통운수업은 교육, 치안, 위생, 건강과 마찬가지로 온 국민 누구에게나 중요한 문제임을 강조했고 운수업이 국제 경제에 미치는 영향과 경제 발전에 지대한 관계가 있음을 강조했습니다.

여성으로 또 외국인으로 기댈 후원자 없이 또 경제적인 여유도 없이 자신의 비자카드와 교통기관 발전에 한해 주는 정부 자금만으로 작은 토목 공사를 시작하여 점점 큰 프로젝트로 영역을 늘릴 수 있었던 것은 무엇보다도 고객으로부터 신뢰를 받게 일 해온 것이 회사의 밑거름이었다고 말합니다. 이렇게 개척 정신을 가지고 다른 회사와 창조적인 파트너를 만들어 가면서 지역사회에 일자리를 창출하고 지역사회 발전에 기여하고 있는 Rani Engineering은 세계적인 회사로 성장하고 있습니다. 또 미네소타 Mark Dayton 주지사 사절단으로 35명의 사업가, 교육가, 정부 직원 중의 한사람으로 독일, 스웨덴, 노르웨이를 방문했고 중국과 한국에서도 자신의 분야에 발판을 굳히고 있습니다.

스잔 박 사장이 한층 더 돋보이는 이유는 50명의 남성 위주의 토목 기사를 거느린 자신감 넘치는 한국 여성이기 때문입니다.

ytn 라디오 방송01/26/2015

#24

손창윤(1890~1980)어른의 일대기
"백년의 꿈"을 쓴 손녀, 손옥형

임손, 손창윤(1890~1980)어른의 어린 시절부터 1945년 해방이 될 때까지 특별히 일제 치하에서 어떻게 고생하고 대처하며 살아오셨는가를 써서 책을 출간한 분은 송창윤 어른의 손녀 손옥형씨입니다. 이 분은 이화대학교 약학 대학을 졸업하고 George Washington대학 화학과로 유학 왔습니다. 1962년 Washington, D.C.에 있는 국회 도서관에서 방을 하나 빌려 논문을 쓰던 남편과 함께 공부하면서 우연히 도서관에서 조부님에 대한 책, 편지, 일기, 신문사와 잡지 기사들을 보게 되었습니다. 이에 놀란 손녀는 1922년 동아일보에 근 한 달 동안 전면 연재되었던 기사를 위시해서 할아버지에 대한 모든 자료를 찾아 모으기 시작했고, 일본말로 기록된 할아버지에 대한 총독부 기록, 동양 척식회사 기록들은 일본말을 잘하는 남편이 찾아 주었습니다. 남편은 한국인으로는 처음으로 미국에서 경영학 박사 학위를 받은 전성일 박사입니다. 남편이 1965년 George Washington대학에서 학위를 받은 후, Lousiana주립대학의 교수로 부임하자 손옥형씨는 같은 학교에서 사회학 석사를 했습니다.

조부님은 "나라가 없고서 일가와 일신이 있을 수 없고, 민족이 천대를 받을 때에 나 혼자만 영광을 누릴 수 없다. 개인은 제 민족을 위해서 일함으로 인류와 하늘에 대한 의무를 수행한다."는 안창호 선생님의 말씀을 잊을 수가 없으셨다 합니다. 또한 사람들이 먹지 못하고 입지 못하면 사회나 나라가 안정을 유지하지 못한다고 하시며 늘 국민 모두가 잘살기를 기원 하셨습니다. 손창윤 어른은 평양인근 강동군 일대의 농민들에게 양말 및 타월 짜는 기계와 실을 나눠주어 농한기 농민들에게 부업으로 위탁 가공을 하게하고 공장을 짓고 학교를 지을 땅에 소작을 주었습니다. 소작지를 거의 무료로 주되 '소작인의 준수 규칙'을 만들어 도박은 해서는 안 되고, 머리를 짧게 자르고, 취학아동은 반드시 학교에 보내야 한다고 못 박으시는 등 민족 계몽 운동에도 무척 애를 쓰셨습니다. '공선사후' 즉 항상 공을 앞세우고 사는 뒤로 미루었고, "민족의 운명과 나의 운명은 같이 한다", "오직 산업과 교육으로 민족의 힘을 기르자"는 일념으로 사업을 일으키어 크게 성공하셨고 학교를 세워 후학을 기르면서 자신에게는 한없이 엄격하여 일생을 검소하게 사신 분입니다.

조부님은 당시 전문학교 학생들은 학도병에 나가지 않아도 된다는 점을 이용하여 평안공업학교를 세워 많은 학생들이 일제의 학도병에

끌려가는 것을 막으셨습니다. 또 군수공장에서 일하는 사람은 징용이나 노무자에서 제외 되는 것을 이용하여 청년들에게 군용양말을 만주에 보내는 일을 시켜 청년들이 일본군으로 끌려가는 것도 막았습니다.

할아버지는 그 많은 재산을 하나님의 재산, 민족의 재산이라 생각하고 자신은 그 재산을 관리하는 청지기라 여겼습니다. '삼공촌'을 지어서 직공 모두에게 집을 지어 주는 이상적인 부락을 계획하시고 우선 60채를 지어 맏아들, 둘째, 셋째 아들 모두가 삼공촌에서 살게 했습니다. 그리고 부락안에 소학교를 세워 아이들이 멀리 가지 않고 공부 할 수 있게 하였지요. 손옥형 씨도 그 소학교에 입학하여 한 학기를 다녔답니다. 해방이 되어 꿈꾸며 바라셨던 이상촌은 60채를 지은 것으로 끝이 났지만 할아버지는 참으로 민족을 널리 사랑하는 이상주의자 이셨던 것 같습니다.

손옥형씨는 손자들 28명에게 일제 강점기에 사셨던 훌륭하신 조부님의 사상이나 철학, 종교관을 알려야겠다는 마음에서 50여 년 전에 Washington, D.C.에 있는 국회 도서관에서 모은 자료와 UCLA 한국학 도서실, 그리고 '평안공업학교'의 회고록을 기반으로 이모님이 들려주신 옛날이야기, 언니, 오빠, 동생들이 모아준 할아버님 조사, 또 옛날 사진들을 엮어 손창윤 어른의 일대기 〈백년의 꿈〉이 쓰여졌다고 말합니다.

ytn 라디오 방송 06/29/2015

#25

스위스 페스탈로찌 국제 아동촌(KDP)의 부모 교사 노정열

중립국인 스위스는 제 2차 세계대전(1939~1945) 때 전쟁피해는 없었습니다. 그러나 이웃 나라의 전쟁고아들을 돕는 단체가 많았습니다. 그중 하나가 의사인 코르티 박사를 위주로 양식 있는 민간인들이 힘을 합해 설립한 페스탈로치 국제 아동촌(KDP, Kinderdorf Pestalozzi)입니다. KDP는 스위스 동북쪽에 위치한 트로겐 마을의 한 농가를 교육 생활관으로 개조하고 캐나다에서 보내 온 기부금으로 지어진 큰 실내 운동장을 구비한 아동촌입니다. 이곳의 목적은 11살, 12살의 고아들이 가족적인 분위기에서 사랑과 교육을 받다가 중학교 교육을 마치면 각자가 자립 할 수 있도록 기술학교로 보내는 프로그램입니다.

1945년부터 영국, 프랑스, 이탈리아, 스위스, 독일, 투네시아, 티베트, 그리스, 핀란드, 헝가리, 오스트리아 등 11개 나라에서 온 300명의 원아들과 운영 스태프 200명이 입촌했습니다. 생활관은 각 나라별로 나뉘어 원아 16명에 부모교사가족과 보조교사 2~3명을 합하여 22~23명으로 구성되었고 식사는 중앙 부엌에서 만든 음식을 각 나라 처소로 날라다 먹게 했습니다.

한국은 12번째로 입촌한 국가입니다. 1950년 6·25 전쟁이 휴전이 되면서 중립국인 스웨덴과 스위스 감시위원들이 판문점을 지키게 되었습니다. 그 중 한 사람이 스위스 페스탈로찌 아동촌 국제마을의 운영책임자인 Mr. Arther Bill이었습니다. 이분은 한국의 현황을 스위스 아동촌 후원회에 보고했습니다. 그리고 이사들로부터 한국 고아들을 입촌 시킬 최종승인을 받고 정식으로 한국 보사부를 통해 부모교사 응모를 발표했습니다. 부모교사란 원아들의 엄마 아버지인 동시에 선생님이란 뜻입니다. 아홉 쌍의 부모교사 지원자 가운데 당시 한국전쟁 고아 복지기관인 CCF(Christian Children's Fund of Korea)의 상무로 계시던 노동준 선생님과 학교 선생님인 노정열 사모님이 시험과 면접을 통해 발탁되었습니다.

1965년 9월 KDP에 한국관인 '아리랑 하우스'를 열고 한국 고아원에서 추천한 한국 원아들을 받게 되었습니다.

당시 27세인 노정열씨는 9개월짜리 딸을 데리고 남편과 함께 스위스에서 십대들의 어머니 겸 교사가 되어 6년 동안 21명의 원아들을 가르치고 양육했습니다. 감당하기 쉽지 않은 일이었다고 말하면서도 노정열씨에게는 그때의 아름답고 감격적인 기억이 많이 남아있다고 말합니다. 1965년 스위스에서의 첫겨울, 잣나무 가지에 소복이 쌓인 눈 위에 해님이 별 가루를 뿌린 듯 반짝이던 크리스마스카드보다 더 아름다운 풍경, 봄이 되자 집 정원 잔설을 뚫고 신기하게 올라오는 노란 꽃, 등산화 끈을 단단히 묶고 물통을 메고 리리라… 노래 부르며 알프스 소풍 길에 나서는 초여름 원아들의 모습, 가을철 공부에 바쁜 원아들에게 불 끄고 빨리 자라고 야단치시는 노선생님의 큰 목소리도 노정열씨에게는 아름다운 추억이 되었습니다.

선생님은 늘 한국관 아이들이 자랑스러웠다고 합니다. 이들은 학구열이 높아 국제중학교 성적이 열두 나라 가운데 으뜸이었고 자체 오케스트라를 만들 정도로 예능에 특출한 원아들이 많아 연주를 자주 했고 성탄절에는 각 나라 집을 돌며 크리스마스 캐롤을 불러 온 마을에 성탄 분위기를 띄우는 전통을 만들었다고도 합니다.

노정열씨는 처음 국제마을에 들어와 이 마을 책임자 Mrs. Bill과 악수하면서 장작개비를 만진 것 같은 그녀의 거친 손이 지금도 생생하답니다. 그분은 스위스 각처에서 보내오는 입던 옷, 신발 등 수많은 물건들을 챙기고 고치고 없는 것은 새로 구입하여 마을 원아들에게 제대로 나눠주는 일 외에도 500여명의 아동촌 식구들을 위한 살림을 하셨던 분입니다. 알뜰한 살림 가운데도 애국심 때문에 외국산은 훨씬 싼데도 비싼 스위스 잼을 삽니다. 그리고 스위스 사람들 중에는 자기 나라 대통령의 이름을 모르는 사람이 많지만 스위스 국민으로서 지켜야 할 법과 질서는 철저히 지키는 데 놀라웠다고 합니다.

51년이 지난 지금 아동촌 아리랑 원아들은 모두 환갑을 넘기고 손자 손녀들도 있습니다. 그중 2명은 유명을 달리했고 3명은 귀국했고 남은 사람들은 한국계 스위스 인으로 남아 대학 교수, 첨단 엔지니어, 기업인, 은행인, 목사 등의 전문직을 가졌습니다. 스위스인과 결혼하여 시집으로부터 '한국 며느리 최고! 우리아내 최고!'라는 칭찬을 들으며 행복하게 사는 사람들도 있습니다. 노정열씨는 50여년이 넘도록 냉장고 문에 원아들의 생일 일람표를 부쳐놓고 안부를 자주 하며 친정 식구들처럼 서로 오가고 있습니다.

황해도 신천 출생인 노정열씨는 스위스 페스탈로찌 국제아동촌 한국의집 부모교사 일을 마치고 미국에 와서 캘리포니아 주립대학 대학원에서 영양학으로 석사를 하고 가주 주립병원에서 임상 영양사로 16년간 일했습니다. 2000년부터 한의학 공부를 시작하여 가주 한의사 라이센스를 받고 한의학 박사 학위를 또 했습니다. 이분은 2011년 '한국 문예운동' 시 부문에 등단한 시인이고 현재 재미 시협 회원이며 시화 동인입니다.

#26

미주 아동문학가협회를 이끄는
어린이문학 작가 이미경

건강한 사람으로 살아가기 위해서는 다양한 외부적 억압으로 인해 생긴 스트레스를 달래고 해소하며 내면의 균형을 회복하는 것이 필요합니다. 특히 어린이의 경우 그 첫 번째가 몸으로 하는 놀이고요, 두 번째 활동이 마음이 하는 놀이입니다. 마음놀이는 이야기 속 세상에서 이루어집니다. 그래서 즐거운 책읽기는 어린이들 마음이 뛰노는 놀이터가 됩니다.

이미경씨는 한국에서 대학 졸업 후 고등학교에서 국어를 가르치다가 마흔이 넘어 어린이 문학의 맛에 매료되어 '한겨레 어린이문학 작가과정'을 수료했습니다. 〈점자로 세상을 열다, 박두성 이야기〉로 제

1회 우리교육 작가상 논픽션 부문을 수상하고 작가로 등단했습니다. 이 책은 한글이 금지된 일제강점기에 저시력 아이가 점자를 배우는 것을 도와주다가 한글 점자를 창안하여 우리나라에서 1913년 처음으로 시각장애인들을 위한 점자교과서를 펴내고 그들에게 세상으로 나아가는 문을 열어주신 박두성 선생님의 이야기입니다.

2004년에 도미한 이미경씨는 미주 한국일보를 통해 한국과 미국의 어린이 문학을 소개하는 주말에세이를 연재하고 한국에서 발행되는 교사 잡지 〈우리교육〉에 '미국의 특수교육'에 대해 기고하는 등 다양한 글을 쓰는 동시에 미주 아동문학가협회를 이끌고 있습니다. 미주 아동문학가협회는 2002년에 초등학교 교과서에 실린 '할미꽃 전설'을 쓰신 남소희 선생님, '글마루' 모임을 이끄는 정해정 선생님, 그리고 동화작가 홍영순 선생님이 모여 결성되었습니다. 결성 이후 한국 아동문학평론가 임원재 선생님을 모시고 세미나를 개최하고, 회지 발간과 미주 어린이를 위한 한글 백일장 등의 행사를 꾸준히 해 오고 있습니다. 특히 2013년에는 한국 동화작가인 임정자 씨를 초대해 LA 피오피코 도서관과 얼바인 헤리티지 팍 도서관에서 '동화작가와의 만남' 행사와 함께 '그림책 원화 전시회'를 열었습니다.

특히 한인들이 많이 살고 있는 어바인 헤리티지 팍 도서관과 한글학교 행사에 온 아이들과 선생님들은 동화작가를 직접 만나 이야기 듣는 것을 무척 즐거워했습니다. 도서관 행사 후에는 한국 동화작가들의 친필 사인이 있는 그림책도 기증받기도 해 무척 뜻 깊은 행사였습니다.

얼마 전 발행된 미주 아동문학회지 9호의 특집주제는 “이곳에 사는 아이들”이었습니다. 어린이문학의 주인공인 한글학교 아이들과 선생님들의 글과 그림이 실려 있고요, 특별히 영한 동시집을 내신 옥미혜 선생님의 작품 그리고 동화와 시나리오를 비교한 글도 실려 있습니다. 이번 회지에 작품이 실린 ‘어린이를 위한 출판기념회’도 열릴 예정입니다.

우리말과 글 그리고 문화에 대한 지속적인 관심을 놓지 않는 이미경씨는 최근 어바인 시에 있는 비영리 단체인 ‘오렌지카운티 한미문화센터’(KOREAN AMERICAN CENTER)에서 성인 한인 2, 3세와 외국인들을 대상으로 한국어를 가르치고 있습니다. K팝, 한국 드라마 등 한류 문화에 관심을 가진 다양한 외국인들과 얼바인 인근에 위치한 한국관련 사업체에서 일하는 외국인들 그리고 한인 커뮤니티에게 더 좋은 서비스를 제공하기 위해 한국어를 배우는 한인 2세들에게 우리말과 글을 가르치는 기쁨과 보람이 크다고 합니다.

#27

재미 유산상속 변호사 박영선

박영선 변호사는 미국 캘리포니아주 유산 상속법 변호사입니다. 비버리힐스 인근에 위치한 상속법으로 명망 있는 미국 로펌에서 주로 유태인 고객을, 로스앤젤레스의 Lim, Ruger & Kim 로펌에서는 한국계 고객을 담당했습니다. 지금은 자신의 이름을 건 법률회사의 대표 변호사로 일하고 있습니다. 미국 로펌과 한인 커뮤니티에서 다양한 경험을 쌓고 여러 케이스를 진행했으며 완벽한 한국어와 영어를 구사하는 대표적인 상속 변호사로 손꼽히고 있습니다.

1992년 연세대학교 영문학과를 졸업한 뒤 미국 Golden Gate University와 New York University에서 법학박사와 세금법 석사학위를 취득했습니다. 1999년 변호사 시험에 합격한 이후 세금, 상속 계획과 유산상속 분쟁 관련 업무를 취급해 왔으며 변호사 협회와 회계사 협회 등 많은 전문인 협회에서 강연과 기고 활동을 해오고 있습니다. 남가주 연세대학교 총동문회 법률 고문, 대한민국 총영사관(로스엔젤레스) 세금자문위원, 한미 택스 포럼 회장, 오렌지카운티 한인변호사 협회 회장 등을 역임했고 현 오렌지카운티 한인회 부회장과 헌팅턴비치의 시 커미셔너로 일하고 있습니다.

이분은 캘리포니아 변호사 협회, 남가주 한인변호사 협회와 오렌지카운티 한인변호사 협회에서 유산상속에 대한 강연과 상속과 트러스트의 기본내용에 대한 강의, 또 캘리포니아, 하와이 그리고 시카고 등지에서 전미 한인 회계사들을 위한 교육과정으로 상속과 상속세금에 대한 강의도 하십니다. 대표적인 비영리 단체인 알츠하이머 재단과 손잡고 '노령인구의 보호와 재산권'이라는 주제로 일반인들을 위한 강연을 했습니다. 연세대학교 로스쿨과 뉴욕주립대학교(인천 송도)에서 친족법과 상속법에 대하여 한 특별 강연도 큰 주목을 끌었습니다.

미주 중앙방송의 아침 토크쇼 '상쾌한 이 아침에'(진행자 박혜란)와 미주 라디오서울의 아침 토크쇼 '좋은 아침 좋은 하루'(진행자 이영돈)에서 일반 법률상식, 유산과 상속에 대해 일반인들에게 알기 쉬운 법률상식을 전하였습니다. 미주 한국일보 경제란과 미주 중앙일보 경제란에 2005년부터 유산과 상속에 대한 칼럼리스트로 활약하고 있습니다.

2011년 11월에 출간한 책 〈내일 죽을 것처럼 오늘을 살아라〉는 유산상속 계획의 중요성과 재산의 사회 환원을 각성시키기 위한 일반서적으로 조선일보, 중앙일보, 동아일보 및 SBS, 중앙방송 등 대표언론으로 부터 호평과 관심을 받았습니다.

이 책에서 저자 박영선 변호사는 한번 사는 인생을 가치 있게 살기 위한 핵심 키워드 12가지를 제시합니다. 긍정적 동기를 부여하기 위한 유산, 상실로 인한 분노와 슬픔을 받아들이고 성장하는 법, 나의 마지막을 스스로 책임질 수 있는 삶 등 상속법 전반에 관한 지식과 함께 저자가 경험한 다양한 상속 케이스들을 소개합니다. 더불어 '비전 유언장'을 수록하여 독자들이 앞으로 남아있는 날들을 위한 계획을 체계적으로 세울 수 있도록 안내합니다.

이 책은 앞으로 우리에게 남아있는 날들을 위한 로드맵을 제시합니다. 후회 없는 삶을 위해 미리 인생을 생각하고 계획하는 방법을 알려줍니다. 딱딱한 법률 해설집이 아니라 사회와 사람을 보는 따뜻한 시선을 담아내고, 상속법에 대한 해박한 지식과 감동을 동시에 전해주는 책으로 널리 읽히고 있습니다.

박영선씨는 적극적인 그의 사회봉사로 2016년 오바마 대통령 봉사상 금상을 받았습니다.

문화 예술

Culture&Art

#28

<밸리 코리언뉴스> 발행인
장소현 시인

나는 바란다.

내 시들이 거칠고 깊기를 -

텁텁한 막걸리, 보리밥 또는 현미밥,

탈바가지나 민화,

우아한 청자보다는 투박한 항아리나 뚝배기처럼

나는 꿈꾼다.

내 시들이 강물처럼 천천히 굽이굽이 흐르기를 -

쉬지 않고 낮은 곳을 향해, 가장 낮은 곳을 향해 -

나는 간절히 바란다.

내 시들이 꾸미지 않은 모습으로 겸손하고 가난하기를 -

낡은 옷 정성껏 빨아 입은, 단정한 모습이기를.

내 시들이 치열한 척 하지 않기를 -

나는 기도한다.

내 시들이 비록 허름해도 정직하기를 -

더 이상 뻔뻔스럽지 않기를 -

속이 텅 비어 두드리면 낮고 둔탁한 소리로 울리기를,

사람냄새 울려 퍼지기를- -

간절하여, 마침내 사랑이기를.

(장소현 시집 6 서문)

장소현 선생님은 서울대학교 미술대학을 졸업하고 일본 와세다 대학 대학원에서 동양미술사로 석사학위를 받았습니다. 서울에 돌아와 대학에서 한국미술사를 강의하는 한편 당시 우리의 전통공연인 탈춤을 현대화 한 〈서울말뚝이〉를 발표하면서 한국 연극계의 혜성으로 뜬 극작가입니다.

1977년 2월 전 가족이 미국에 이민으로 오게 되어 이곳의 중앙일보와 〈주부생활〉 미주 판의 편집장 등을 하면서 많은 글을 발표했고 연극도 열심히 했습니다. 선생님은 한국 사람들끼리 모여서 한국말만 쓰면서 살아가는 LA 한인사회의 모습을 보면서 여기가 한국인지 미국인지 도무지 구분이 되지 않을 정도였다고 합니다. 그래서 이것을 묘사한 것이 선생님의 첫 시집 〈서울시 나성구〉였습니다. 이 시집이 품고 있는 숨은 의도는 이왕 미국에 왔으면 서울시 나성구라는 좁은 울타리에서 벗어나 과감하게 미국사회로 뻗어나가자는 것이었으나 저자의 뜻과는 무관하게 미주 한인 이민사회를 상징하는 새로운 낱말로 널리 쓰이게 되었습니다.

선생님은 스스로를 '문화잡화상'이라고 부르면서 극작가, 시인, 언론인, 방송인 등 다방면으로 활동하며 신문과 잡지에 글을 썼습니다. 그동안 〈서울시 나성구〉외에도 6권의 시집을 출판했고 〈서울말뚝이〉, 〈김치국씨 환장하다〉 등의 희곡집, 소설집, 칼럼집, 꽁트집, 7권의 미술책 등 총 20권의 책을 발간했습니다. 또 한국과 미국에서 40여 편의 연극을 공연했습니다. 지금도 장소현씨는 부지런히 글을 쓰고 책을 펴내고 있는데 앞으로 가장 하고 싶은 작업은 도산 안창호 선생 같은 훌륭한 이민 선배들의 삶과 생각을 연극이나 시, 소설 등으로 써서 후손들에게 널리 알리는 일을 생각하고 계십니다. 그리고 우리 미주한인 사회의 문화적 바탕을 다지고 미국문화의 좋은 점을 한국에 알리는 책을 쓰는 작업도 하실 계획입니다.

2013년 장소현 선생님은 제3회 〈고원문학상〉을 수상 했습니다

ytn 라디오 방송 12/15/2014

#29

광고 없는 인터넷잡지 www.webegt.com의 김 상신 대표

광고 없는 인터넷잡지 〈늘 푸른 나무〉의 김상신 대표는 서울 남산 감리 교회 담임이셨던 김창호 목사님의 막내입니다. 서울에서 감리교 신학대학과 숭실 대학에서 신학과 역사학을 공부하고 미국에 와서 Lexington Theological Seminary에서 교회사를 일리노이 주립대학(UIC)에서 미국사를 공부했습니다. 출판한 저서로는 아버님의 전기와 회고록들을 모아 편집한 〈주는 나의 목사시니 – 주성 김창호 목사의 말씀과 삶〉이 있고 번역서로는 기독교서회에서 출판된 허버트 버터필드의 〈크리스천과 역사해석〉, 베인튼의 〈역사와 희망〉이 있습니다. 김상신씨는 1980년대에 〈크리스천 리뷰(The Korean Christian Review)〉 잡지를 편집, 발간하면서 감리교회에서 목사안수를 받았습니다. 2007년 1월부터 컴맹으로 나이 들어가는 세대들이 컴퓨터와 가까워지며 교양을 넓히자는 취지에서 시작한 www.webegt.com 은 올해가 9년째입니다. 이 잡지를 기획하면서 주말이면 쏟아져 나오는 주간지들을 한 아름 안고 읽을거리가 있나 뒤적이다가 딱히 읽어볼만한 꺼리가 마땅치 않아 뭐 볼만한 게 있나? 하고 TV로 눈을 옮기는 우리 세대들의 공통된 모습을 그려 보셨답니다. 이렇게 살다보니 막상 나이 들면서 필요한 정신적인 양식은 고갈되고 달콤한 오락이나 영적 해갈로 해결하려 하지만 정신은 점점 더 야위어가고 있음을 아는 대표님은 은퇴 후 덤으로 사는 인생, 여기에 시간과 정력을 투자해 보자는 생각을 했답니다.

김 대표는 전 국민을 선도할 교양지나 여론을 이끌 평론지는 생각하지 않았습니다. 처음부터 '나이를 잊고 늘 푸르게 살려는 사람들을 위한 읽을거리'라는 캐치프레이즈를 내걸고 장, 노년층에 정신적인 영양소를 주는 '월간 잡지'와 같은 Web-zine을 만들어 때로는 독자들의 향수를 자극하면서 때로는 그들의 애환을 나누면서, 건강한 정신이 최고라며 격려하는 읽을거리, 볼거리들을 모아 매달 1일과 15일 새로운 글들을 올립니다. 웹 사이트는 위화감보다는 친밀감을 느낄 수 있게 했고 옛 잡지목차와 같은 홈 페이지를 고수하고 이상한 제목을 붙여 호기심을 부추기는 얄팍한 편집보다는 듬직하게 읽을거리들을 실었습니다.

www,webegt.com을 열면 영성과 명상, 논설과 칼럼, 생활의 지혜, 문화 산책, 다시보고 싶은 영화와 이달의 영화 또 화보 등 김 대표님의 관심과 시간과 재량과 재산을 쏟아 넣어 만든 광고도 없고 물론 구독료도 없는 완전 공짜 선물이 펼쳐집니다.

김 대표님에게 신났던 것은 2006년 12월 하순이 되자 TIME잡지가 연례행사로 'Man of the Year'를 선정하면서 '당신(You)'이라는 이름 아래 '컴퓨터를 통해 정보를 얻고 정보를 전파하는 이 시대의 당신이 곧 이 해의 인물입니다'라는 설명이 붙어있었습니다. 은퇴한지 1년 만에 〈늘푸른나무〉를 준비하면서 생각지도 못했던 TIME지의 그해의 인물로 당당하게 선발된 일입니다.

ytn 라디오 방송 01/05/2015

#30

윤동주 문학의 밤,
미주 민족시인 문학 선양회 회장, 이성호

지난 12년 동안 '윤동주 문학의 밤'과 '민족시인의 문학의 밤'의 주최자였던 이성호 작가가 도미 했을 당시 미국에는 한국문인협회가 없었습니다. 1973년에 처음으로 '백향목'이라는 시 동인 활동을 시작하면서 그의 글쓰기가 시작되었습니다.

이성호씨는 영어라는 장벽 앞에서 답답함과 적응을 거듭하며 심장에서 꿈틀거리는 애절함을 표현한 수필로 한인사회에 글쟁이로 알려졌습니다. 그리고 권위 있는 문학지 〈문학사상〉 제 23회 시 부문에 등단하여 시인이 되었고, 〈문학세계〉에 단편소설 입선 후, 시집과 수필집, 단편집을 출간하기 시작했습니다. 한국 소설가 협회 회원으로 장편소설 〈아흔 아홉 계단〉 등 10권이 넘는 소설책을 출간했고 제 2

회 윤동주 문학상 해외 동포 문학상을 수상했습니다.

첫 시집 〈캘리포니아 갈대〉를 출간하고부터 '갈대 시인'으로 불리는 이성호씨는 목회하시던 부모로부터 봉사정신과 애국, 애족하는 민족정신을 배워 30여 년간 미주에서 교회, 지역사회, 문인 활동을 열심히 했습니다. 은퇴선교사들을 돕고 이 곳에 가정 법률 상담소가 생기기 전에 여성 쉼터를 찾아다니며 학대받는 여성과 아동들을 도와 LA 시로부터 감사장도 받았습니다.

이성호씨를 문학 세계로 이끈 분은 멋있는 인품을 지니신 미남, 박남수 시인과 아동 문학가인 오영민 선생님, 명작 〈바보 용칠이〉의 작가 최태응 선생님을 꼽습니다. 시인 중 윤동주 시인을 가장 좋아하는 이유는 그의 순진무구함이 일본에 대한 어떤 강력한 저항보다 더 강한 힘을 내포했고, 정직하고 순수한 양심의 호소로 쓴 그의 시는 사람들의 영혼을 사로잡는 힘이 있기 때문이라고 말합니다. 이성호씨는 해마다 일본 동경과 후쿠오카에서 열리는 윤동주 추모행사에 여러 번 참여했고 경북 안동에 있는 이육사 기념관과 생가를 방문했고 육사의 따님 이 옥비 여사를 이곳 문학행사에 초청하기도 했습니다.

2004년 시작된 '윤동주 문학의 밤'은 2010년부터는 윤동주, 이육사, 이상화, 한용운 등의 민족시인들을 기리는 문학제로 확대되었습니다. 이 가을축제는 이성호씨가 대표로 있는 피라밋 레익 RV 리조트 고지대 산장에서 열립니다. 아름다운 자연 속에서 민족시인들에 관한 강연과 작품을 암송하고 또 낭송하며 일 년에 한 번씩 만나는 문인들의 대화가 이어지는 밤입니다.

이성호 회장은 문인으로써 시가 잊혀져가는 삭막한 세상에서 불후의 명작들을 통해 시의 귀중함을 되새기며 잊고 살아온 선진 문인들을 잠시나마 추모하는 조국애와 시심의 가을 축제를 몇몇 뜻있는 분들과 함께 힘이 닿는 한 계속 할 것을 다짐합니다. 다음의 시로 이성호씨는 갈대시인이 되었습니다.

모여 살아도 따습지 않고
비비며 지내도 허허한 마음
하늘 휘저으며 몸부림쳐도
잊혀 지지 않는 강산아
훌 훌 갈꽃으로 날아가도
바람결에 부딪치는 망향

서러운 바람결에
퉁소 소리 들린다.
날 부르는 소리
어제 강마을 갯벌에서
야윈 갈대와 서걱이다가
간밤에는 진달래 만발한
언덕에서 딩굴었지
태평양 기슭
청석돌 산벼랑에 발돋움하고
망 부석 인양

긴 목 드리우고

보랏빛 기별 기다린다

모여 살아도

그리움은 나날이 짙어가고

기대고 마주해도

돌아앉는 타인의 등

훌 훌 갈꽃으로 날아가도

바람벽에 부딪치는 망향.

〈캘리포니아 갈대〉 전문

ytn 라디오 방송 09/21/2015

#31

고전 무용가이자 작곡가이며 가야금 연주자
국악 무용 연구소장 유희자

7남매 중 막내인 유희자씨는 한 살인 1·4후퇴 때 어머니 등에 업혀 평양에서 부산까지 걸어서 피난 왔습니다. 선생님의 무용 인생은 아주 어려서부터 시작됐습니다. 4살 때부터 아버지의 손에 이끌려 스페인 무용을 배워 6살 때 첫 독무를 공연하였습니다. 십오 년간 김순성, 인간문화재 이매방, 강선영씨로부터 고전 무용을 사사받아 한국 고전 무용의 거의 모든 것을 배우고 중학교 때는 국가에서 처음으로 파견한 문화 사절단의 일원으로 뽑혀 일본에 가서 한달 간 순회공연을 하였습니다.

당시 선생의 아버지는 옥수수에서 포도당을 추출하는 방법을 연구하여 특허를 받으신 발명 협회 회장으로 1956년경에 미국에서 20만 불 차관을 들여오셔서 천일 곡산 주식회사를 경영하셨습니다. 이런 관계로 많은 외국 분들이 한국에 오셨고 그들을 대접하실 때마다 아버님은 손님들을 집으로 모셔 문화를 통해서야 진정으로 서로를 이해할 수 있다고 하시며 딸에게 한국 무용을 보여 드려라 하셨답니다.

그 뒤로 유희자씨는 서울 대학교 음악 대학에서 가야금 전공으로 학사 학위를 받고 독주자로 한국 국립 극장에서 서울 음대 국악 관현악단과 가야금 협연을 하였습니다.

1972년도에 미국에 와서 California State University, Northridge에서 작곡으로 석사 학위를 했습니다. 1977년 결혼 후에는 무역업에 종사 하는 남편을 돕고 아들과 딸을 낳아 키우면서 어머니와 시어머니를 모시고 있었기 때문에 집안의 대소사로 매일 매일을 눈코 뜰 새 없이 바쁘게 지냈습니다. 이렇게 20년 넘게 혹사한 몸은 견디지 못하고 결국 병상에 눕게 되었습니다. 가족과 간병인의 지극한 정성과 보살핌으로 2년 만에 겨우 앉아 한국 라디오 방송을 들으며 하루하루를 지내 오던 중 우연히 벽에 세워 놓았던 가야금을 건드리게 되었는데 그때 '디잉 –' 하고 울리는 그윽한 소리에 감전이 된 듯 온 몸에 강한 전율이 스쳐 갔답니다. 그로부터 유희자씨는 가야금을 끌어내려 무릎 위에 올려놓고 한 줄 한 줄 뜯기 시작 하면서 잊었던 옛 일이 새삼스럽게 떠오르며 몸에 활기를 찾기 시작했습니다. 젊음의 긴 세월동안 한국 무용과 가야금에 대한 열정을 가슴 속에만 묻고 살았던 유희자씨는 무용가로, 작곡가로 또 연주가로 새 출발을 시작했습니다.

그 뒤로 2000년에는 Cal State Univ. Northridge에서 미주 최초

로 영어로 공연된 연극 '심청전'의 주제곡을 작곡하여 가야금, 장고, 징 등으로 생 연주를 하였습니다. 2003년에는 미 전국에서 쓰이는 초등학교 4학년용 음악 교과서에 한국 전통 음악과 무용뿐 아니라 서양 음악에도 능한 미주에 거주 하는 대표적인 음악가로 유희자씨가 소개되었습니다. 2012년부터는 Porter Ranch Community School에서 매년 100명 학생들에게 사물놀이를 지도하며 직접 무용단을 만들어 장고, 북, 징, 꽹과리 등을 한국에서 들여와 삼고무와 고전 무용을 본격적으로 가르치면서 모든 장단을 서양 악보로 표기하여 학생 들이 빠르고 쉽게 익힐 수 있게 하였습니다. 유희자씨는 현재 World Rhythm의 음악 총 책임자이며 춤마니 무용단 단장으로 활동하면서 밸리에서 유희자 국악 무용 연구소를 운영하고 있습니다.

2016년 디즈니랜드에서의 구정 축제, 탈북 청소년 위문, Paramount 영화사의 구정 축제, 3·1절 행사, 6·25 참전 용사 위문 공연 등의 공로를 인정받아 미첼 잉글랜드 시의원, 오바마 대통령으로부터 감사장을 수여 받았습니다.

어두움 속에서 밝은 세상으로 이끌어 주고 울적 할 때나 슬플 때 마음을 어루만져 주는 가야금을 좋은 동반자라고 하시는 선생님은 우리 2세들과 외국인들에게 소중한 우리의 문화를 알려 주는 것이 남은 인생의 사명이고 우리 문화유산 보존과 발전에 조금이라도 보탬이 되었으면 하는 것이 마지막 바람이라고 하십니다.

ytn 라디오 방송 04/06/2015

#32

방송인협회 회장 직을 역임한
박복수 시인

박복수 시인은 당시 '백과사전' 또는 '하이컬러'로 불리시던 외과 의사 승파 이길승 님의 따님으로 서울에서 태어났습니다. 시인은 1948년 서울 정동 1번지 최초의 KBS 중앙방송국 '문학의 밤' 프로그램의 세계문학전집 소개로 방송을 시작했습니다. 6·25 이후에는 부산에서 주로 대북 방송을 했고 방송인들과 함께 먼지 나는 트럭을 타고 위문차 일선에 가서 노래 부르는 일도 같이 하셨답니다. 부산 피난 시절, 미 공보원에서 선생님을 일본으로 보내려고 했지만 아버지가 납치당하시고 장녀로 어머니 패물 주머니만 의지하고 사는 처지여서 학업을 계속하기 위해 1951년 방송 일을 포기 했습니다. 그러나 지금도 문학창작 아카데미 시상식, 대표문학단체 축제, 초빙 강사 교수님들의 대표 시낭송을 부탁 받으십니다. 이분의 특징은 아무리 긴 시라도 외워서 하는 암송을 하십니다.

이분은 서울대학교 사범대학을 졸업하고 외국 유학을 위해 1959년부터 서울대학교 부설 외국어 연수원을 다니시다가 1962년에 로스앤젤레스에 오셨습니다. U.C.L.A.에서 1963년부터 영어 영문학과를 전공하시다 핸섬했던 법대생 박영곤씨를 만나 결혼하시고 1965년 장녀가 태어나면서 학교를 그만두셨습니다. 그러나 선생님은 늘 방송에 대한 미련과 꿈을 가지고 미주 기독교 방송국 방송 위원을 하셨습니다. 또 지금부터 38년 전인 1977년 1월에 16인의 방송인들이 LA에 모여서 선후배간의 우애를 다지고 우리말 방송문화의 발전 향상에 기여할 것을 다짐하며 창립한 '미주방송인 협회'의 회원이기도 하십니다. 15대 방송인협회 회장 직을 맡을 당시 박복수 회장님은 '코리아 뉴스'와 '한국일보'의 후원 하에 라디오 코리아 도산 홀에서 전 현직 방송 기자단, 미 전국의 방송인들 300백여 명이 모인 가운데 20주년 협회 행사를 대대적으로 했습니다.

그때 선생님의 시들과 수필들을 프로그램에 올린 것이 인연이 되어 한국문단에 등단했고 그 이후 '글마루'의 고원 교수님과 적극적으로 공부를 시작하여 '청하 문학상'을 수상 했습니다. 1970년대엔 조희도 화백에게 그림 공부를 하고 르.살론 세계 화가전에 출품하여 상도 타시고 국제 사진전 회장 고문 등도 역임했습니다.

광복 50주년 기념행사의 일환으로 5~10세의 남녀 어린이중 몸과 마음이 예쁘고 특기가 뚜렷한 어린이들을 입상자로 뽑는 어린이 선발

대회의 심사위원장도 하셨고 8년 동안 라디오코리아 주최 미스 틴 코리아 심사위원도 역임했습니다.

이렇게 매일 빈틈없는 바쁜 일정을 보내시는 84세의 박복수 선생님은 "매일 떠날 준비를 하느라 하루 24시간이 너무 짧다. 말년에 남겨두는 것이 없도록 모든 것을 포기하는 준비의 삶, 늘 오늘이 마지막 날인 것처럼 고마웠던 분들, 좋아하는 분들을 많이 대접하고 죽음이 오기 전에만 가능한 것들을 찾아다니며 실천 하고 싶다."고 말씀하십니다. 언제나 예쁘고 단정한 모습으로 한인 문화 행사와 모임에 꼭 참석하시고 이사, 이사장, 회장 또 고문으로 열심히 일하십니다. 저서로는 한영시와 수필 문학선 〈피렌체 광장의 피에로〉와 한영 시집 〈사랑, 금혼의 노래〉 가 있습니다.

ytn 라디오 방송 02/16/2015

#33

6·25전쟁 남침 제 1보와 김구 선생 하관식 방송을 담당했던 위진록 방송인

위진록 선생님은 1928년에 황해도 재령에서 태어났습니다. 일제 때 사범학교에 다니셨고 열일곱 살 때 해방을 맞이했습니다. 일제 강점기에 우리말 교육을 제대로 받지 못해 한글과 한자를 독습하던 중 라디오에서 흘러나오는 아름다운 음악 소리를 듣고 '아! 이렇게 아름다운 일을 하는 사람들이 있구나! 나도 방송을 해야겠다.'는 생각을 하셨답니다.

1947년 서울중앙방송국(현재의 KBS)의 아나운서 모집시험에 합격하여 선생님은 열아홉 살 소년 아나운서가 되었습니다. 이때 선생님이 방송국에서 담당한 일은 클래식 음악, 연극, 연주회 중계 뿐 아니라 대한민국 정부 수립 초창기에 일어나는 일들을 현장에서 방송하는 일이었습니다. 이승만 대통령의 지방 순시 수행 기자로 활동하면서 김구 선생 장례식 실황중계, 또 6·25전쟁 남침 제 1보 방송, 9·28 서울수복 제 1보 방송 등 역사적인 순간순간을 선생님은 목소리로 전했습니다.

위진록 선생님에게 특별히 잊히지 않는 방송은 숙직이었던 1950년 6월 25일 새벽, 중앙방송(현재 KBS) 제 1보 남침 뉴스를 거듭거듭 방송 한 일입니다. 또 하나는 김구 선생 장례식 때 하관 식을 담당했던 일을 꼽으십니다. 특별히 김구 선생님 관이 땅에 묻히던 때, 삽으로 떠 넣는 흙이 관 뚜껑을 치던 소리를 전국 국민이 들을 수 있도록 엎드려서 중계방송 하면서 부르짖던 일이 지금도 감회가 깊다고 하십니다.

6·25 전쟁으로 KBS 방송망이 모두 전멸되자 맥아더 사령부는 일본의 NHK 방송망을 이용해서 유엔군총사령부 방송, VUNC(Voice of United Nations Command)을 하게 되었습니다. 위진록씨 목소리가 미국 CBS의 월터크롱가이트 아나운서와 비슷하다는 이유로 발탁되어 한 달 약속을 하고 일본에 갔으나 계속되는 전쟁과 방송일로 선생님은 22년 동안 그곳에 계셨습니다. 1952년에 결혼하신 최창숙 사모님은 우리나라 최초의 TV아나운서이기도 합니다.

선생님은 방송뿐 아니라 라디오 성우, 영화 나레이터, 라디오 드라마 집필 등 다양한 문화 활동을 했습니다. 1947년 KBS가 처음으로 실시한 라디오 드라마 공모 당선자인 선생님은 유엔군 총사령부 방송을 하면서 300여 편의 라디오 드라마를 집필했고 라벨의 〈볼레로〉의

초연 중계도 했습니다.

청춘을 모두 바친 UN총사령부방송을 떠나 1972년 미국으로 이민 후 사업을 하시면서 자녀들 교육에 힘쓰셨습니다. 1990년 초에 생긴 LA의 라디오코리아를 통해 〈일요응접실〉진행자로 활동하셨고 글을 많이 쓰셨습니다. 〈하이 미스터 위〉 수필집을 시작으로 〈이민 10년생〉 〈잃어버린 노래〉 등 여러 권의 책을 출간했습니다.

1985년에 출간된 자서전 〈고향이 어디십니까〉 책 서문은 "내 마음 속에는 태어날 때부터 눈물줄기가 흐르고 있었는지 눈물 많은 인생을 살았다. 그러나 그것은 슬픈 눈물만은 아니었다. 희망의 눈물이 더 많았던 것 같다. 아직도 내 마음의 눈물 줄기에는 희망의 꽃망울이 살아 있다."로 시작합니다. 가난했던 어린 시절부터 19세에 KBS 아나운서가 되어 활동하던 시절, 20여 년간 일본에 있던 유엔군총사령부방송(VUNC)시절의 추억, 미국생활 등의 인생 이야기들을 쓰셨습니다. 〈위진록의 커먼센스〉를 쓰신 선생님은 아직도 우리에게 세금 잘 내고, 법 잘 지키는 시민이 될 것을 부탁하십니다.

ytn 라디오 방송 11/03/2014

#34

4번째 오페라 〈3·1운동〉을 작곡 하시는
92세 박재훈 작곡가

700여 곡의 동요와 찬송가를 작곡하셔 한국 교회음악의 아버지로 불리는 아산 박재훈 선생님은 외국 곡에 기대어 예배를 드리던 1940년대에 한국의 정서에 맞는 한국인다운 곡조의 찬송가를 다수 작곡하시어 진정으로 하나님을 찬양할 수 있는 길을 닦아 주신분입니다. 선생님이 21세에 작곡하신 〈어서 돌아오오〉를 위시하여 〈지금 까지 지내온 것〉, 〈눈을 들어 하늘 보라〉, 〈주는 저 산 밑의 백합〉 등은 오늘날에도 한국 교회가 애창하는 찬송가들입니다.

해방 직후 선생님은 어린 제자들이 일본 군가만 부르자 안타까운 마음에 동시에 곡을 붙여 지금도 즐겨 부르는 '엄마엄마 이리와 요것 보셔요', '산골짝에 다람쥐 아기다람쥐' '송이송이 눈꽃송이' 등 50여

곡의 동요를 작곡 하셨습니다.

선생님은 오페라도 작곡하여 무대에 올리신 분입니다. 40대에(43세~48세)에 〈에스더〉, 79세에 〈류관순〉, 90세에 〈손양원〉을 작곡하셨고 92세이신 2015년 현재 4번째 오페라 〈3·1 운동〉 작곡에 열중하고 계십니다. 선생님은 이 곡을 오랫동안 마음에 두고 계셨지만 가사가 준비되지 않아 기다리던 중 서울대학교 음악대학을 거쳐 서울 장로교 신학 대학 총장을 역임하신 문성모 박사님의 가사로 집중 작곡에 몰두하시게 되었답니다. 이미 서곡은 끝내셨고 2년 후면 작곡을 완성하실 계획이십니다. 선생님은 작곡뿐 아니라 성가대 지휘자이고 합창단 지휘자이십니다. 한국에서 제일 처음 메시아를 지휘하셨고 한국 영락 교회의 성가대 지휘를 오랫동안 하셨습니다. 장수철씨의 후임으로 선명회 합창단을 이끌고 북미 지역 순회 연주도 하셨습니다.

박재훈 선생님은 목회자이고 교육자이십니다. 선생님은 1922년 강원도 김화군에서 태어났습니다. 당시에는 흔치 않았던 기독교인 가정에서 자란 4형제 모두가 목사님이십니다. 선생님은 1982년 회갑을 넘긴 62세에 목사 안수를 받아 1984년 토론토에 큰 빛 장로교회를 개척하여 담임목사로 시무하시다 1990년 은퇴 하셨습니다. 선생님은 평양의 요한 학교를 졸업하고 1946년 4월 서울로 월남하셨습니다. 37세 때 미국으로 유학하여 웨스트민스터 합창 대학에서 공부한 후, 크리스천 신학교에서 교회음악을 공부하여 석사학위를 받으셨습니다. 귀국하여 영락교회의 성가대를 지휘하시면서 한국 찬송가 위원회 간사와 음악전문위원을 지냈습니다. '서울 기독교 음악원'을 창설하여 운영하기도 하셨고 1963년부터 1965년까지는 〈교회와 음악〉이라는 전문 교회음악잡지를 격월간으로 펴냈습니다. 또 서양 교회음악 합창곡들을 번역하여 출판했습니다.

1966년 순회 연주 도중 미국 캘리포니아 주에 있는 아주사 패시픽 대학으로부터 명예 인문학 박사 학위를 받았고 한양대학교 음악대학에서 작곡과 합창지휘를 가르쳤습니다. 1967년에는 '서울 코랄'을 창단하여 정기적 연주회를 열었습니다. 1973년 미국으로 이민 오셔서 할리우드 한인장로교회의 음악책임자가 되었으며 동시에 '로스앤젤리스 서울 코랄'을 만들어 합창지휘활동을 계속하셨습니다. 1977년에 캐나다로 가 토론토 한인 연합교회 성가대를 지휘하면서 토론토 한인합창단을 창단하여 지휘하셨습니다. 1984년 영락교회의 요청에 의해 〈성 마가 수난음악〉을 작곡하여 서울 세종문화회관에서 첫 연주회를 열었습니다. 오페라 〈에스더〉, 〈유관순〉, 〈손양원〉과 5백여 곡의 찬송가를 작곡한 작곡가로 박재훈 목사님은 기독교문화대상을 받으셨습니다.

ytn 라디오 방송 02/02/2015

#35

한국 교회음악 작곡가 17분 중의 한분으로 뽑힌 백경환 지휘자

한국교회 음악작곡가 중 〈하나님이 쓰신 찬양 목회자〉로 선정된 백경환 씨는 어릴 때부터 노래 잘 부르는 아이로, 중3때는 고등부와 장년 성가대를 지휘한 지휘자로, 고 3때는 연세 대학교 음악대학 주최 전국 작곡 콩쿠르에서 1등 없는 2등에 당선된 작곡가로 음악의 천재성을 인정받은 분입니다.

평양에서 목사님 가정에 장남으로 태어나 국민학교 시절부터 특별 행사마다 독창을 도맡아 했습니다. 한양대에서 작곡을 전공하고 모교에서 교수생활을 하면서 7년간 김자경 오페라단의 부지휘자로 성악과 오케스트라, 오페라 지휘를 했습니다.

1976년 미국에 유학 와서 뉴욕에 있는 매네스(Mannes)음대 대학원에서 작곡과를 졸업하고 1981년부터는 피바디 음대에서 지휘 공부를 했습니다. 유학생 가수들과 함께 에밀레 오페라단을 창단하여 '춘향전', '라트라 비아타', '나비부인'을 지휘 공연했고 한인 교회 성가대 중심으로 '메시아', '천지 창조', '글로리아' 등 많은 칸타타와 성가를 지휘했습니다.

1988년 선생님은 교회음악에 전력 할 것을 서원 하고 LA에 위치한 동양 선교 교회의 음악감독에 취임했고 1989년 1월부터 한인 기독 합창단 지휘자가 되었습니다. 1991년 소련 공산주의가 무너진 후 러시아 문화성의 초청으로 1992년 기독 합창 단원들이 주축이 되어 40여 명의 합창단과 독창자들이 모스크바 차이코프스키 홀에서 과거 70년 동안 금지 되었던 헨델의 메시아를 백경환 지휘로 러시아 방송 오케스트라 협연으로 역사적인 연주를 했습니다. 그리고 1999년 로스앤젤레스 다운타운에 있는 도로시 챈들러 파빌리온 음악 센터에 참석한 3천여 명 청중 앞에서 베토벤 교향곡 제 9번 합창곡을 지휘 연주 했습니다. 이 두 연주가 백경환 지휘자가 음악인으로서 가장 보람을 느꼈던 일이라고 말씀합니다.

선생님은 교회 음악가로서 신학적 논리의 뒷받침을 얻고자 개혁 신학 대학에서 신학을 전공하고 2000년 목사 안수를 받고 성가와 교회음악에 몰두 했습니다. 2003년 뜻있는 몇 분과 함께 미주 찬송가 공회를 창립하고 2006년부터 회장 직을 맡아 이민 찬송가를 만들기 위해 찬송시를 모집하였지만 이민에 관한 시는 4, 5편에 불과하였고 고작 3편의 이민 찬송이 전부였지만 계속해서 이민 찬송시의 발굴과 거기에 맞는 작곡들이 나와 한국 찬송가에 이민자의 찬송이 수록되기를 기대하고 계십니다.

지휘자로 잘 알려진 선생님은 작곡을 많이 하셨습니다. 4권의 성가 합창곡집과 40여곡의 찬송가 편, 작곡집을 출판했고 8권의 칸타타를 출판했습니다. 성가 독창곡집, 예술 가곡집을 출간했고 입례송, 기도송, 축도송 등 50여 곡을 작곡 출판했고 성 가곡 및 예술 가곡 300여곡을 작곡했습니다.

서울 영락 교회, 뉴욕 한인 교회, 볼티모어 벧엘 교회, LA 동양 선교 교회, 미주 성산교회, 가나안 교회의 성가대 지휘를 역임 했고 현재 OC 영락 교회 음악목사와 실 비치 한미 합창단 지휘를 맡고 계십니다. 백 경환 목사님은 하나님이 달란트를 주시어 성가대와 합창단 지휘를 하게 하셨고 또 작곡자로 사용해 주심에 대해 감사하며 생명이 다하는 날까지 그의 좌우명인 "최선을 다해" 주어진 일에 충성 할 것을 다짐하십니다.

ytn 라디오 방송 05/25/2015

#36

피아노 경연대회의 심판
배(윤)경자 피아니스트

피아니스트로, 48년 동안 많은 제자를 양성한 피아노 선생님으로 또 30여 년간 피아노 경연대회 심사원으로 활약하고 있는 윤경자씨는 서울에서 태어났습니다. 9살에 전국 초등학교 음악경연대회 piano부에서 1등과 동시에 전 부문에 걸쳐 주는 특상인 문교부장관상을 받고 11살에 시립교향악단과 협연했습니다. 전국 중고등학교 음악경연대회에서도 각각 1등을 했고 15살에 KBS 교향악단과 협연했습니다.

서울대학교 음대와 동 대학원을 졸업하고 미국의 카네기 멜론 대학에서 다시 석사를 하고 Cleveland Institute of Music에서 Doctor of Musical Art(DMA)를 공부했습니다. 미국에서는 당시 거장인 Grant

Johannesen 그리고 유명한 피아니스트 Autur Schnabel의 제자인 Eunice Norton으로부터 사사했습니다.

배재호 박사와 결혼하여 가정을 이룬 후부터는 연주보다는 제자 양성에 힘을 써 Pittsburgh와 Houston에서 18년, 남가주에서 30년 동안 피아노를 가르치고 있습니다. 그에게 피아노를 배우러 오는 새 학생은 고등학교 졸업할 때까지 배우게 되는데 선생님은 이들을 제 2의 가족으로 받아들이고 스튜디오에서 가족으로 또 선생님으로 학생과 한 팀이 되어 학생이 편하게 마음껏 배우고 기량을 펼 수 있도록 가르치고 있습니다. 이러한 결과로 제자들이 Music Teacher's National Competition, Liszt International Competition 등 권위 있는 경연대회에서 우승을 하고 Juilliard, Peabody, Eastman, New England Conservatory, Indiana University 등의 유명 음악대학에 많이 입학했습니다.

이렇게 유명 피아노 선생님으로 인정받으면서 배경자씨는 경연대회 심사관으로 각광을 받기 시작했습니다. 남가주로 이사 온 다음해인 1986년부터 지금까지 매해 3000명 이상이 참석하는 Southwestern Youth Music Festival, 또 음악 하는 학생이라면 누구나 시도해보는 Southern California에서 제일 크고 오래된 Southern California Bach Festival, Mozart Festival 등등에서 지난 30년 동안 만 명이 훨씬 넘는 학생들을 심사 해오고 있습니다.

한국과 달리 미국에서는 심사원이 학생의 연주를 듣고 Judging

Paper에 왜 우승을 못 했나 무엇이 잘못됐나를 판단할 수 있도록 비평을 써서 학생에게 돌려줘야 합니다. 때로는 하루에 80~90명 학생들의 연주를 듣고 쓰다보면 육체적인 한계를 느낄 때도 많지만 한명도 소홀히 할 수 없었다고 합니다. 이유는 경연대회에 참석하는 학생들 모두가 열심히 연습했고 또 열심히 가르친 선생님 그리고 온 정성을 다 바친 부모님이 계시다는 것을 알기 때문에 우승자를 뽑는 데 신중에 신중을 기하게 되고 힘들 때가 많다고 합니다.

배경자씨는 피아노 선생님과 피아노 경연대회 심사관 말고도 캘리포니아 Music Teacher's Association, 오렌지카운티 Musical Arts Competition, Pacific Symphony Celeste Guild, Music Teacher's National Assoc.등 여러 음악 단체의 Chairman과 President를 역임했고 도와 왔습니다.

어린 시절의 연주 경험과 교육이 미국에 와서 공부하는데 도움이 된 것은 물론 좋은 학생들을 양성하는 선생님으로 또 우수한 학생을 뽑는 경연대회 심사위원으로 일하는 데 많은 도움이 되었다고 말하는 배경자씨는 어려서부터 음악의 길을 열어주시고 정성껏 밀어주신 어머님, 자신이 미국 오는 날까지 12년간 올바른 길로 지도편달해주신 김원복 교수님 또 결혼 후 세 아이를 키우며 지금까지 음악의 길로 정진할 수 있도록 지원해준 남편의 무조건 사랑의 힘이라고 고백합니다.

ytn 라디오 방송 02/09/2015

#37

노래 부르는 김선규씨와
비디오 아트의 선구자 백남준 회백

김선규씨는 1964년 이화대학교 교육 심리학과 2년을 마치고 미국에 왔습니다. 이분의 장기와 취미는 노래 부르기입니다. Patriotic Songs 가수로 LA Music Center, Kodak Theatre, Convention Center, Dodger Stadium 또 로터리 클럽 모임에서 열창을 했고 18년간 KAMA 여성합창단의 독창자로 또 경기여고와 한미여성회의 행사 때마다 독창자로 나서 분위기를 잡아주고 있습니다. 그리고 자택에서 로터리 클럽 활동의 일환으로 휠체어 모금 행사를 하여 300여 대의 휠체어를 베트남에 보내기도 했습니다.

선규씨는 한국 최초의 재벌인 태창 방직회사를 경영하시던 백낙승

회장의 외손녀이고 백남준 화백은 선규씨 보다 11살 많은 외삼촌입니다. 어린 선규씨에게 백남준 화백은 머리숱이 유난히 많고 헝클어진 곱슬머리의 멋진 남성이요 꼬마 아저씨였습니다.

백남준(1932~2006)화백은 한국 태생의 미국 미술가, 작곡가, 전위 예술가로 특별히 비디오 아트의 선구자로 유명합니다. 어려서, 누나인 선규씨의 어머니로부터 피아노를 배우기 시작하여 신재덕 씨로부터 피아노 연주를, 이건우 씨로부터 작곡을 공부했고 1952년 일본 도쿄 대학교 문과부에 입학하여 작곡과 음악사를 집중 공부했습니다. 백남준 씨의 졸업 논문은 '아르놀트 쇤베르크 연구'입니다.

백남준씨는 1956년 독일 뮌헨 대학교 및 쾰른 대학교 등에서 서양의 건축, 음악사, 철학 등을 공부하고 그 곳에서 현대음악가 존 케이지를 만나 그의 자유로운 음악적 실행으로부터 영감을 얻어 독일 라인 지역의 음악 퍼포먼스 장에서 '아시아에서 온 문화테러리스트'라고 불릴 정도의 탁월한 퍼포머로 활약했습니다. 1959년 피아노를 부수는 퍼포먼스를 시작으로 바이올린을 파괴하거나 존 케이지의 넥타이를 잘라버린 퍼포먼스가 특히 유명합니다.

1964년 백남준은 일본을 거쳐 뉴욕으로 이주했고 1965년 소니의 포타팩(세계 최초의 휴대용 비디오카메라)으로 미국 뉴욕을 첫 방문 중이던 교황 요한 바오로 6세를 촬영하여 곧바로 그 영상을 '카페 오 고고'에서 방영했습니다. 이것이 미술사에서 공식적인 비디오 아트의 시작으로 기록되어 있습니다. 또한 첼로 연주자이자 뉴욕 아방가르드 페스티벌의 기획자였던 샬럿 무어먼과 함께 비디오 아트와 음악을 혼

합한 퍼포먼스 작업도 활발히 펼쳤습니다.

1974년부터 비디오 아트의 설치 작업을 다양하게 진행했으며 1982년 휘트니 미술관에서 개최된 '백남준 회고전'을 통해 그의 예술 세계가 뉴욕을 중심으로 미국 사회에 많이 알려졌습니다. 2000년 뉴욕 구겐하임 미술관에서 '백남준의 세계'라는 대규모 회고전이 열렸고 1993년 베니스 비엔날레 독일관 작가로 초대되어 최고 전시관 부문에서 그랑프리를 수상했습니다. 1995년 백남준은 제 1회 '광주 비엔날레 INFO art'전에 크게 기여했으며 같은 해 베니스 비엔날레 한국관 설치에 결정적인 역할을 하여 한국 미술이 세계 진출을 하는 교두보를 마련하게 되었습니다.

선규씨와 삼촌이 미국에서 만나게 된 것은 1980년 U.C. San Diego Campus에 백남준 화백의 Video Art설치와 조각 작품 설치 때입니다. 그 이후 2004년 구겐하임 박물관 전시 회 때 만난 아저씨는 뇌졸증 후유증으로 휠체어에 의존했지만 식사 후 한손으로 Poggy and Bess의 Summer Time 반주를 하고 선규 씨는 노래를 부르면서 삼촌은 정말 멋있는 인생을 사신 분이라고 생각했답니다. 2006년 백남준씨는 마이애미의 자택에서 75세에 노환으로 별세 했습니다.

ytn 라디오 방송 07/13/2015

#38

Global Symphonic Band를 창설한 나민주 클라리넷 연주자

이천 중학교 일학년 때 새로 부임한 음악 선생님이 노래를 즐겁게 잘 부르는 나민주 학생을 불러 클라리넷을 보여주시며 소리 내는 방법과 음 몇 개를 가르쳐주셨습니다. 그리고 선생님이 악기를 빌려주시며 집에 가서 연습하라고 하셨습니다. 처음 클라리넷을 만져본 이 학생은 일주일 후에 선생님이 내주신 숙제는 물론 몇 가지 노래까지 부르니 선생님이 더 없이 좋아하시는 모습을 보고 학생은 더 없이 기뻤답니다. 몇 달 후에 학교에 밴드부가 생기고 나민주 학생은 밴드의 일원이 되어 새로 배우는 친구들을 가르치게 되었습니다. 서울대학교 음대에서 클라리넷을 전공한 김희태 중학교 음악 선생님으로 인해 클라리넷을 알게 된 나민주씨는 서울대학교 음악대학에서 클라리넷을 전공하게 되었고 당시 한국에서 클라리넷 연주자로 유명하셨던 임춘원 교수님을 담임 교수로 모시게 되었습니다. 제 10회 동아일보사 주최 콩쿠르 클라리넷 부문 입상에 이어 서울음대 강당에서 열린 제 1회, 2회 독주회를 시작으로 한국과 미국에서 총 8회 클라리넷 독주회를 개최했습니다. 그리고 2017년 제 9회 클라리넷 독주회를 준비하고 계십니다.

1979년, 세계적인 클라리넷 연주자 Kalman Bloch 교수가 계신 Pacific Christian College 대학원에 입학하여 교회음악과 클라리넷 전공으로 졸업했습니다.

이후 Pacific Baptist University 대학원에서 목회학 석사와 Concordia Theological Seminary 대학원에서 목회학 박사를 받으신 나민주 목사님은 성서장로교회 당회장으로 시무하면서 활발하게 연주 활동을 병행 했습니다. 고려 교향악단과 벨플라워 시티 심포니 오케스트라의 클라리넷 수석연주자로 나 목사님은 중국 문화부 초청으로 북경, 심양, 총도, 서안, 상해 음악 대학에서 연주회를 가졌습니다.

지난 2002년에 결성하여 성서장로교회에서 제 1회 창단연주회를 가진 '글로벌 심포닉 밴드'는 나민주 목사님의 후원으로 창설되었습니다. 나민주(클라리넷), 고용범(오보에), 김경수(트럼펫), 제임스 박(플룻), 이재욱(색소폰), 박덕영(퍼커션) 등 원로 관악인을 포함한 전문 연주자 50여 명은 현악기 없이 목관악기와 금관악기 그리고 타악기만으로 연주하는 연주단체는 한인 커뮤니티는 물론 주류사회에서도 찾아보기 힘들다고 합니다. 그러나 관악기는 사람의 숨결을 불어넣어 표현하기 때문에 감정을 더 잘 살릴 수 있으며 소리도 훨씬 웅장하고 음악 장르에 구애받지 않고 재즈, 팝, 가요 등 모든 장르를 연주할 수 있다는 것이 공연의 매력이고 장점이랍니다. '글로벌 심포닉 밴드' 창설이후 라스베가스에서 6·25 참전용사를 위한 감사 콘서트와 크리스마스 콘서트, 미국 독립기념일 초청 야외 연주, 한국 광복60주년 61주년 62주년 기념음악회, 3,1절 기념 음악회 등 우리교민과 주류사회를 위하여 많은 연주회를 하고 있습니다.

나민주 목사님의 앞으로의 계획은 2017년 제 9회 개인 독주회와 함께 연주하며 헌신하는 중주단 단원들과 함께 교회와 지역사회를 위하여 또 우리 중주단을 필요로 하는 곳을 찾아가 많은 사람들이 기뻐하며 행복해하는 연주회를 많이 하기를 바라는 것이 새해의 소망이라고 하십니다.

#39

나의 음악인생, 그리고 KAMA 여성합창단의 송종현 지휘자

피아노를 전공한 후 봉직하던 음악교사 직을 뒤로하고 남편과 세 아이와 함께 뉴욕으로 이민 온 것은 1977년의 일이었습니다. 이민자는 누구나 비지니스를 하는 줄로 알고 덤벼들었다가 본전도 못 찾고 그만두었지만 이 일은 나의 음악인생에 있어서는 전화위복이 되었습니다. 이화여대 재학시절 지도교수께서 "넌 미국 가서 공부하면 어렵잖게 잘 할 수 있을 거야. 귀가 좋으니까."라고 해 주신 말씀을 다시 떠올릴 수 있었으니까요.

이때부터 하고 싶은 공부를 많이 했습니다. 롱 아일랜드와 맨하탄을 오가면서 성악과 오르간을 공부했고 Juilliard Extension Course

에서 합창지휘를 공부한 후 드디어 Hofstra대학원에서 음악교육을 전공하여 40살에 매스터 학위를 받았습니다. 이 학위 과정에서 교육이론은 물론 거의 모든 악기의 연주를 익혀야 했고 kindergarten부터 12학년까지의 전 교과과정을 다루고 실습해야 했습니다. 어렵지 않을 거라던 교수님의 말과는 달리 매우 힘들고 방대한 과정이었지만 엄청난 기쁨과 보람을 느끼며 몰두할 수 있었고 그 열매를 거두었습니다.

1989년, LA로 이사한 해에 지인들의 도움으로 KAMA(Korean American Music Academy)를 설립하였습니다. 그때 창단된 KAMA소년소녀합창단을 십년 간 이끌면서 아이 같이 밝고, 아름답고, 수준 높은 음악을 해마다 무대에 올렸고 신나게 연주여행도 다녔습니다. 지금은 젊고 유능한 지휘자 류지원, 쥴리안 부부가 소년소녀합창단의 바톤을 이어받아 더욱 발전시키면서 28주년을 향해 달려가고 있습니다.

KAMA여성합창단은 소년소녀합창단보다 1년 늦은 1990년에 창단되어서 오늘에 이르고 있습니다. 27년 동안 장기집권하는 지휘자와 역시 20년간 변함없이 수고하고 있는 반주자 라경희 씨 그리고 그 오랜 세월을 함께 해온 여러 단원들… 이렇게 KAMA여성합창단은 정말 한 가족이 되어버렸습니다. 음악은 물론 그것을 뛰어넘어 삶 자체를 터놓고 나누는 참으로 보기 드물게 아름다운 모임이 되었습니다.

KAMA의 레퍼토리들은 동서고금을 가리지 않고 넘나듭니다. 아름다운 음악들 속에서 우리는 함께 느끼며 함께 숨 쉬며 함께 움직입니다. 또한 sacred과 secular를 가리지 않습니다. 예술이란 세속적인 것을 聖化시키는 작업이라고 믿기 때문입니다. 그래서 KAMA는 '주님을 찬양하라'에서 부터 '인생은 미완성'에 이르기까지 모든 레퍼토리에 심혈을 기울이고 올인하여 연습하고 연주합니다.

제2의 고향 미국 역시 삭막한 인생의 터전이지만 KAMA에 모이는 우리 여성들의 얼굴은 해가 거듭될수록 달라집니다. 더 예뻐지고, 더 단단해지고, 더 밝아지고 긍정적인 얼굴로 바뀌어 갑니다. 힘든 일을 당해도 넘어지지 않고 잘 이겨 나갑니다. 이런 모습들을 바라보면 기쁘고 만족합니다. 지휘자만 아니라 단원들도 모두 그렇게 느낍니다. "죽을 때 까지 같이 가요. 노래하면서…." 이런 말을 심심찮게 듣곤 합니다.

함께 노래하고, 함께 여행도 하고, 함께 사회봉사도 하고, 함께 끝없는 이야기도 나누지만 우리는 먼저 조용히 기도드립니다.

"하느님, 우리 안에 함께 하소서!"

2016년 12월

#40

어바인 문화포럼을 창립한 송호찬 특허 전문가

특허전문가로 일하면서 어바인 문화포럼을 창립한 송호찬씨는 대학교에서 기계공학을 전공한 공학도입니다. 졸업 후 한국의 기업연구소에서 메카트로닉스 분야, 전기모터 분야의 기술을 개발하는 연구원으로 일했고 그 후 변리사가 되어 한국에서 10여 년간 특허전문가로 활동했습니다. 현재는 미국에서 가장 큰 지적재산권 전문로펌 중 하나인 '크노비 마튼스'의 특허전문가로 미국에서 한국 기업이 특허 받는 일에 도움을 주고 있습니다.

선생님은 2006년 어바인에 정착한 후 주위의 뜻있는 지인들과 함께 어바인 문화포럼을 창립하고 2009년 7월 서경식의 〈디아스포라 기행〉을 읽는 첫 모임을 가졌습니다.

어바인 문화포럼은 문학, 역사, 철학, 사회, 예술, 과학 등 우리 삶을 둘러싼 다양한 주제의 책을 읽고 토론하는 모임입니다. 지금까지 5년 동안 약 50여 권의 책을 함께 읽었습니다. 그중에는 〈이기적 유전자〉와 같이 생각의 전환을 가져온 책도 있고, 동양의 고전 〈중용〉도 있었습니다. 한국문학의 최신 기류를 느끼게 하는 젊은 작가 황정은의 소설 〈야만적인 앨리스씨〉도 함께 감상했고, 3월에는 최신 뇌과학 연구를 소개하는 〈새로운 무의식〉을 읽고 뇌의 생리학적인 특징을 함께 토론하기도 했습니다.

이렇게 다양한 장르의 책을 읽고 함께 토론하는 과정에서 자칫 한국과 미국 두 문화 사이에서 소외되거나 정체되기 쉬운 우리 이민자들의 의식을 끊임없이 자극하고 고양하여 스스로 어떻게 사는 것이 의미 있고 아름다운 것인지를 묻고 고민하게 하는 것이 바로 독서토론이 주는 매력이라고 송호찬씨는 말합니다.

무엇보다 독서가 주는 큰 선물은 즐거움인데 저마다 다른 개성과 생각을 가진 회원들이 만나 생각을 나누는 시간은 그 자체가 긴장이고 쾌락입니다. 때때로 회원들 간에 함께 주고받는 토론이 주는 깨달음은 커뮤니티가 당면한 이슈를 다루는 것으로 연결되기도 합니다. 캘리포니아 주민발의안인 동성애 결혼, 유전자 조작식품 표시와 같은 사안에 대하여 〈커밍아웃 프롬 더 클로젯〉, 〈몬산토〉와 같은 책을 함께 읽고 적극적인 의사표시를 나섰던 것이 바로 그 예입니다. 어바인 문화포럼은 영화에도 관심을 두어 일 년에 두 번 6월과 12월에는 채프

먼 대학교 영화과 이남 교수님을 모시고 우리 주위의 진솔한 삶을 이야기하는 영화들을 함께 감상하고 생각을 나눕니다. 채프먼 대학에서 열리는 〈부산 웨스트 영화제〉는 회원들이 즐겨 찾는 문화행사 중 하나입니다.

어바인 문화포럼의 활동 중 무엇보다 흥미로운 것은 한국에서 잘 알려진 문화 인사 백낙청 선생님, 에세이스트 고종석씨, 동화작가 임정자씨 등 열 분 정도를 초대해 강연회와 간담회를 가진 것입니다. 이런 모임을 통해 한국의 문화 인사들은 이곳에 사는 한인들과 만날 수 있고, 미국에 살고 있는 한인들은 다양한 주제의 문화적 이슈에 대해 전문가들과 진지한 토론을 주고받을 수 있었습니다.

송호찬씨는 2002년에 만해 시인학교 백일장에서 장원을 했고 2007년에는 미주한국일보 문예공모에서 그의 시 '빗살무늬토기'가 당선된 등단 시인입니다. 미 주류 사회의 일터와 한인 커뮤니티 사이를 넘나드는 우리 이민자들의 삶에 어바인 문화포럼과 같은 모임을 통해 스스로 의미 있고 아름다운 무늬를 새겨 간다고 말합니다.

ytn 라디오 방송 04/20/2015

#41

한국 국립현대미술관에서 초대전을 갖는 김병기 화백

한국추상미술의 거목'으로 불리는 김병기 화백은 한국 서양화가 1세대인 김찬영 화백의 아드님이십니다. 1916년 평양에서 태어나 18세 때 일본으로 유학, 동경예술대학(동경문화학원) 미술학부에서 공부했습니다.

1947년 월남 후 왕성한 창작활동을 하면서 경기여고, 이화여고, 서울예고 그리고 서울대학교 미대에서 가르친 최초의 미술교사입니다. 추상미술의 이론적 선각자로 미술평론가로 또 한국미술협회 이사장으로 한국 화단을 이끈 분입니다. 1965년 상파울루 비엔날레의 한국관 커미셔너로 참가해 심사위원으로 위촉되어 국제전의 심사위원을 하셨습니다.

미국으로 건너오신 후에는 뉴욕 사라토가 스프링스의 스키드모어 칼리지에서 동서양 미학 비교론을 가르치는 등 창작과 함께 미술 교육에 헌신했습니다. 2014년 12월 2일부터 2015년 3월 1일까지 석 달간 한국 국립현대미술관에서 열리고 있는 김병기 선생님의 초대전은 '감각의 분할'이라는 제목으로 전시되며 전시되는 작품은 1950년대 중반기의 작품부터 최근작 까지 약 100여점의 유화와 드로잉 20여점입니다. 다음은 초대전 개막식에 참석하시는 김병기 선생님의 말씀입니다.

"나의 삶을 작품으로 설명할 수 있게 되어 더없이 벅찬 마음입니다. 솔직히 전시회를 앞두고 그림을 그리면서 이제부터 중요한 작품을 그릴 수 있을 것 같다는 자신감이 생겼습니다. 나는 늘 과거보다 현재가 중요하다고 생각하는 사람입니다. 그래서 내 작품도 요즘 그린 작품이 중요해요. 삶도 그렇지만 예술에서도 완성이란 없는 것입니다. 완성을 향한 과정이 있을 뿐 이예요. 그러므로 그 흐름의 가장 가까운 곳, 바로 현재에 집중해야 하는 이유입니다.

한국에서 49년 살았고 미국에서 산 시간도 49년 되는 해이니 이제는 공정한 눈으로 동양과 서양에 대해 말할 수 있어요. 작품도 자신있게 내놓을 수 있습니다. 내 자신이 동양성과 서양성, 그리고 형상과 비형상의 조합을 확실하게 느낄 수 있게 되었습니다. 나는 일본에서 공부할 때나 한국에서 창작 활동을 할 때는 비 형상에 대해 큰 관심을 가졌었지요. 그런데 미국에 와서 형상을 찾기 시작했어요. 요즘은 인물에 주목하고 있습니다.

많은 사람들이 다른 두 개념의 만남과 화해를 절충이라고들 표현하는데 예술에는 절충이라는 말이 적당하지 않아요. '조합'이지요. 모두 수용하면서 특징을 강하게 표출하는 것, 조합이 맞습니다. 그런데 조합은 1+1=2로 생각하는 조합이 되어서는 안 됩니다. 하나 더하기 하나가 3도 되고, 9도 되고, 또 0도 될 수 있다는 조합이라야 합니다. 창의적 조합이라야 예술로서 가치가 있지요. 후배들에게 말하고 싶은 것은 늘 세계 속의 나를 인지하고, 세계를 향해 나가야 할 미학의 관점에서 작품을 바라보라는 것입니다. 이번 전시회가 후배들에게 어떤 교훈을 줄 수 있다면 더 이상의 바람은 없습니다."

98세 고령에도 불구하고 제자들 전시회 오프닝에 빠짐없이 참석하시고 칭찬하기를 즐기시는 멋진 신사, 김병기 선생님 앞에서는 공연히 수줍어집니다.

ytn 라디오 방송 01/12/2015

#42

미술 작가 발굴을 위한
KAFA 미술상의 초대 회장 오경자

미주 한인 미술 후원단체로는 최대 규모인 KAFA(Korea Arts Foundation of America)는 남가주에 살면서 정기적으로 미술에 관한 강의도 듣고, 박물관도 함께 방문하고, 좋은 작품들도 수집하는 미술을 사랑하는 7쌍의 부부들이 1989년에 시작했습니다. 초대회장 오경자씨는 주위에 재능 있고 탁월한 미주 한인 예술가들이 많이 있지만 주류사회의 벽이 높아 주류 미술계에 진출하는 것이 어렵다는 사실을 깨닫고 그들의 작품을 주류미술계에 널리 알리려는 취지하에 KAFA 상을 설립했다고 말합니다.

KAFA 상은 2년에 한 번씩 미국 전역으로 부터 응모하는 한국계 미국 미술가 중 1명을 뽑아 상금 $10,000을 수여하고 또 LA 지역 화랑에서 전시회를 열어주는 미술상 입니다. 응모자격은 학생이 아닌 현역 미술가로 영주권자 또는 시민권자여야 합니다. 이유는 미국에서 뿌리를 내리고 활동하면서 한국계 예술가들의 위상을 높이고, 미 주류 미술계의 발전에 큰 공헌을 할 수 있는 작가를 뽑기 위함입니다.

당시 큰 미술 기관에서 수상되는 상금이 $2,000이었는데 KAFA에서 $10,000의 큰 상금을 정하게 된 것은 우선 수상작가에게 재정적 도움도 주고 또 한편 큰 상금을 내 건 KAFA에 주류 미술계의 관심을 끌고자 하는 목적이 있었습니다. 25년이 지난 지금도 KAFA 멤버 개개인이 낸 KAFA기금에서 같은 상금이 지급되고 있습니다.

응모하는 작가들은 무엇보다 심사위원이 누구인가에 관심이 많습니다. 또 주류 미술계에서도 누가 심사를 한 공모에 당선되었는가가 중요하기 때문에 KAFA는 초기부터 심사위원 선정에 매우 신중을 기해왔습니다. 그래서 각계에 지명도가 높은 미술대학 교수 한 분, 박물관 관장 한 분, LA Times의 평론가 1명으로 3명을 선정하여 공정의 공정을 기하여 마지막 수상자를 뽑습니다. 이러한 이유로 미술계 굴지의 거장들이라 할 수 있는 심사위원들도 KAFA의 봉사와 활동에 존경을 표하며 진중하게 심사에 응하고 있습니다.

2009년 7월에는 KAFA 창립 20주년을 맞아 서울대학교 미술관(MoA)에서 카파상 수상 작가들의 작품전 '미국 속의 한국작가 11인전'을 개최하여 한국 화단의 큰 주목을 받았습니다.

2015년 1월 14일에 열렸던 LA Art Fair에서는 KAFA의 창립 25주

년을 축하하는 의미로 최근 KAFA 수상작가인 나진숙씨의 대형 설치 작품이 초청 전시 되었고, 3월 13일부터 문화원에서 나진숙(Olga Lah)의 수상작 전시회가 있을 예정입니다.

KAFA는 지금까지 14명의 수상자를 배출했는데 그 중 서도호, Byron Kim, 조숙진, 민연희, 임원주, 이재이, 신진, 이가경 작가들은 현재 국제적으로 매우 활발한 활동을 하고 있습니다.

KAFA 설립 멤버로 초대회장이자 또 2009년 서울대학교에서 열린 KAFA상 수상 작가들의 작품전 '미국 속의 한국작가 11인 전'을 주관한 오(장)경자씨는 이화대학교 영문과를 졸업했습니다. 1980년부터 Pasadena, CA에 살면서 15년간 LA 가정상담소의 이사와 이사장을 하는 등 한국 이민 사회를 돕는 일을 많이 했습니다.

자신도 서예가로 미주 서예협회 부이사장과 부회장을 역임 했습니다. 그동안 대한민국 서예 문인화 대전과 전북 세계 서예 비엔날레에 입선 했고 한중일 서예 문화교류 협회전에 작품을 전시했습니다. 두루마리로 된 천자문은 2014년 여름에 LA 일본 문화원 초청, 한중일 6인 전시회 전시된 작품 중 하나입니다.

현재 중국 반산 시립 박물관과 한국 송강 문화 진흥원에 오경자씨의 작품이 소장되어 있습니다.

ytn 라디오 방송 02/23/2015

#43

LA 한인 타운 상징 <다울정>현판을 쓴 전상희 서예가

LA 한인 타운의 상징인 〈다울정〉 현판을 쓴 전상희 서예가는 1955년에 경기여고를 졸업하고 한국은행 본점에 근무하면서 서울 문리 사법대학 영문과를 졸업했습니다. 1974년에 가족이민으로 미국에 와서 서예가로, 서예선생님으로 또 서예 심사위원으로 이제까지 미국 한인 사회의 서예 발전에 크게 힘을 기울이고 계십니다.

전(김)상희씨는 함경도 함흥에서 태어났습니다. 일본 법정대학을 나오고 함흥에서 큰 사업을 하시던 아버님 김호규씨는 미술, 서예, 언어, 연극 등 예술 분야에 재능이 많으시고 관심이 크셨습니다. 할아버지가 돌아가시고 김상희씨가 유치원 다닐 때 아버님은 하시던 사업을 정리하고 가족과 함께 남하하여 충청남도 서산에서 농장을 하시다 서울로 이사하여 서울 공업 고등학교에서 고 3 영어를 가르치셨습니다.

김상희씨의 서예 공부는 초등학교 3~4학년 때 아버님이 사다 주신 이각경, 이철경 두 분이 쓰신 서예 교재를 가지고 가정에서 배운 것이 시작이고 후에 이철경 선생님에게서 사사 했습니다.

미국에 오신 후 1988년부터 지금까지 'LA의 선율 한글서회'에서 가르치고 계신데 선율은 어머니가 지어 주신 호입니다. 또 YWCA, 한미 여성회, 시니어 교육센터에서도 한글 서예 지도 강사를 했습니다. 선생님은 한인들이 서예에 관심이 높아지면서 1990년에 창립된 미주 한인 서예 협회 발기인 중 한분이고 6대 협회 회장을 역임했습니다. 협회는 창립 1년 후부터 현재까지 매해 협회전이 열고 있는데 1회부터 제 25회 까지 한 해도 거르지 않고 작품을 출품한 공로로 2015년 협회전에서 표창을 받으셨습니다.

아세아 미술 초대전, 국제 문화 미술대전, 동남아 미술대전 또 예술의 전당에서 주최한 광복 50주년 기념 해외 동포 전시회 등에 초대작가로 많은 전시회를 하셨습니다. 그리고 남가주 한국의 날 서예대회 심사위원을 10년간 했습니다. 선생님은 2005년 4월 올림픽과 놀만디에 위치한 LA 한인 타운 상징인 〈다울정〉 현판을 쓰셨고 한국 문화 예술제 미술대전과 국제 미술대전 서예부문에서 특선 수상을 여러 번 했습니다. 그리고 남가주 한인의 날 서도대회 최우수상인 총영사 상도 받으셨습니다.

애국 한다는 것은 아주 작은 마음과 정성의 몸가짐부터 시작되는 것이라고 말씀하시는 선생님은 현재 미주 3·1 여성 동지회에서 열심히 일하십니다.

3·1 여성 동지회란 1919년 3·1 운동에 직접 참여했던 여성 독립 운동가를 중심으로 후손들에게 3·1 정신을 대대로 물려주기 위하여 1967년에 세워진 단체입니다. 미주 3·1 여성 동지회는 1982년 본국 3·1 여성 동지회의 임원이셨던 안임순 여사를 초대회장으로 모시고 시작되어 30대부터 80대까지의 여성들이 모여 미주한인 후손들에게 값진 조국의 문화와 역사를 물려주는 프로그램을 하고 있습니다. 안임순 초대 회장은 전상희씨의 어머니이시고 전상희씨는 미주 3·1 여성 동지회 4대 회장이셨습니다.

ytn 라디오 방송 03/30/2015

#44

'우주의 꿈'을 그리는 홍선애, Sunny Kim 화가

10년 동안 '우주의 꿈(Cosmic Dream)' 전시회를 열고있는 Sunny Kim(홍선애)씨는 아주 어려서부터 그림을 즐기고 미술상을 많이 받은 화가로 서울 예고와 서울 미대를 무시험으로 입학했습니다. 치과 의사인 아버님이 중학교 때 국전에 입선한 것으로 보아 그림 탤런트를 아버지로부터 이어 받은 것으로 생각됩니다.

서울대학교 미대를 졸업하고 뉴욕 파슨스 디자인 스쿨과 LA의 FIDM(Fashion Institute of Design and Merchandising) 라구나 아츠 앤 디자인 칼리지에서 수학한 홍선애씨는 '우주의 꿈'이란 주제로 10번의 개인전과 여러 번의 그룹 전에 참여했습니다.

현재 Orange County Museum of Art의 Museum Council Member

이고 KAWA 한미여성회 이사로 있으며 5살~12살까지 어린이들의 Summer Art Class를 지도했고 Laguna Beach에 있는 LAGUNA ART MUSEUM에서 Summer Art Class를 했습니다.

이분은 사진과 Graphic Design and Fashion Design에도 조예가 깊습니다. 1965년에는 한국 부산에서 열린 Civil Arts Exhibition에서 톱 10의 영예를 차지했습니다. 1972년 'Bechtel Arts Festival'의 Arts 부문에서 Best of Show 평을 받았고 뉴욕에서는 창의력을 중요시하는 'Creativity 72 International Design Show'에 참여 하여 graphic design으로 Paul Revere Award 일등상을 수상했습니다. 1984년 LA의 U.S. Olympic Boxing Team 의 공식 인물화 위촉을 받았고 1986년 이래로 한국 국립 현대 미술관에는 4점의 홍선애씨 그림이 소장되어 있습니다.

천문학자이자 우주 과학자이며 많은 저서를 펴낸 칼 세이건(Carl Sagan)의 우주에 대한 DVD를 본 후부터 우주에 관심을 갖게 된 홍선애씨는 십여 년 전부터 '코스모스'라는 주제로 그림을 그리기 시작하여 근년에는 태양계에 속한 150개의 달 시리즈를 그리고 있습니다.

현재는 종교와 영적문제, 복잡한 감정의 양상을 캔버스에 표현하는 방법을 끊임없이 모색하던 중 Jackson Pollock을 대표로 꼽는 Action painting을 하고 있습니다. Action painting은 말 그대로 화가의 육체적인 강한 활동력으로 인해 그림자체가 역동적인 표현을 담는 추상적인 그림입니다. 또 Mark Rothko의 Color Fields Painting도 시도

하고 있습니다. 이것은 아주 큰 편편한 캔버스위에 밝고 단순한 색깔 또는 그 색들을 섞어 무정형으로 붓질을 하던가 튀기는 방법으로 물같이 흐르게 또는 층층이 칠하여 사물의 사실적 재현이 아니고 순수한 점, 선, 면, 색채로 그려내 색 자체와 그 형태에서 센세이션을 일으켜 망망대해로, 푸른 하늘로 또 한없는 우주공간으로 자신의 감정을 표현하는 참신한 평면적인 그림입니다.

이렇게 인간 세상을 초월한 하늘과 땅과 수평선을 그리면서 화가 홍선애, 써니 김씨는 자신의 작품을 보는 분들이 행복해하고 사랑과 믿음과 꿈을 갖기를 원합니다.

ytn 라디오 방송 11/16/2015

#45

만학으로 꿈을 이룬
금속 작가 장(김)원경

만학으로 꿈을 이룬 금속 작가, 장원경씨는 중 2때는 장래 희망란에 뜻도 잘 몰랐던 '컬럼니스트', 고 2때는 손재주는 좀 있는 것 같아 '공예 연구가'라고 답했답니다.

서울 대학의 미술과 4년을 같은 생각과 뜻을 가진 동료들에게 둘러싸여 물 만난 고기 같이 금속 작가의 길을 닦은 후, 졸업 후 두 번째 맞선 본 분과 결혼하여 유학 오는 기분으로 도미했습니다. 그러나 임신, 출산, 육아에 바빠서 많은 설비가 필요한 금속 작업은 당연히 중단 할 수밖에 없었습니다. 대신 쉽게 접할 수 있는 읽고 쓰는 작업으로 자신만의 시간을 채워가던 중 몇 번의 단편소설 공모전에 출품한 것을 계기로 신문사로부터 칼럼 연재를 제의 받게 되었으니 그야말로 중 2때의 희망인 '칼럼니스트'가 된 것입니다.

아이들이 어느 정도 컸을 때 "더 늙기 전에 하고 싶은 것 하는 게 어때?" 무심코 던진 남편의 말이 바뀔까 두려워 서둘러 남가주 주립대학 대학원 금속 공예과에 진학 한 때가 이민 생활 15년이 지난 40세 초반이 되었을 때입니다. 그로부터 김원경씨는 대학원 6년, 한국을 오가며 작품 생활 10년, 도합 17년을 밤잠을 편히 잔적이 드물 정도로 원없이 바쁘게 작업생활을 했습니다.

마침 한국 지사장으로 발령받은 남편을 따라 회사에서 지불하는 이삿짐에 작품과 도구들만 가지고 대책 없이 한국생활을 시작했습니다. 우선 한국화랑 중 제일 들어가기 어렵다는 H화랑에 전시 신청을 했으나 답이 없었습니다. 그래서 경력을 쌓으려는 목적으로 일본 동경 긴자에 보낸 신청이 받아들여져 제일 먼저 일본에서 초대 전시회를 갖게 되었습니다.

이때 '2002년 부산 비엔날레 조각 심포지움' 한국 전시감독이 일본 작가를 유치하러 온 것이 계기가 되어 세계적인 분수 조각가인 세끼네씨와 함께 한국에 동반 초대 되었습니다. 그러나 개최지인 부산 지방 특유의 남존여비사상, 지역주의 등에 맞물려 힘든 일을 겪기는 했지만 전장 10미터, 총길이 20미터의 대작이 전시되었고 좋은 평가를 받게 되었습니다. 그 작품은 부산 송도 시에서 구입하여 암남 조각 공원 정문에 영구 설치되어 있습니다. 그 작품을 교두보로 십 여 년에 걸쳐 두 번의 국제 조각 심포지엄에 초대받고 한국 전역에 11개의 조형물을 설치했으며 동경, 서울에서 두 번의 개인전 그리고 초대전에 초청되고 소장되는 성과를 거두었습니다.

불혹의 나이에 대학원에 들어가 금속 작업을 계속하게 되었고 그간 부산 송도 암남 조각 공원, 서울 신촌 역사, 부산대학을 위시하여 한국 전역의 10여 곳에 대형 조각 작품이 설치되는 믿을 수 없는 성과를 거두게 된 것입니다. 치열한 경쟁의 미술계에서 이룬 이 모든 성과는 계획 할 수도 없고 노력한다고 이룰 수 있다는 보장도 없는, 그래서 하나님이 인도하신 작은 기적을 경험한 것으로 김원경씨는 믿고 있습니다.

중학교 2학년 때 희망사항이었던 '컬럼니스트', 고등학교 2학년 때 원했던 '공예 연구가'가 된 김원경씨가 시간이 오래 걸리는 대형 금속 작품을 만드느라 철야가 다반사인 작업 중에도 맹렬히 염원하고 꿈꾸던 단 한 가지는 아이러니컬하게도 "침대에서 뒹굴며 한국 비디오나 원 없이 봤으면!"하는 바람이라고 합니다.

ytn 라디오 방송 08/17/2015

#46

미국 이민 크리스천 문학의 길잡이,
정충해 교수의 소설

자신이 쓴 소설을 '미국 이민 크리스천 문학의 길잡이'라고 국한시키는 정충해 교수님은 1957년에 서울대학교 문리과대학 불문학과를 졸업하고 부산 고신대학에서 영어와 교양문학을 가르쳤습니다. 1966년에 도미하여 미네소타 대학에서 조각전공으로 미술석사(MFA) 학위와 일본문학 박사학위를 받았습니다. Indiana University, Carton College, University of Wisconsin 그리고 St. Olaf College에서 일본어 문학을 가르치다가 교직에서 은퇴하셨습니다. 2011년 가을, 단편소설집 〈여리고로 가는 길〉로 '문학나무 추천작품상'을 수상하였고 2014년 두 번째 소설집 〈하늘사다리〉가 출판되었습니다.

정충해 씨는 고등학교에 다닐 때부터 문학을 좋아해서 집을 나갈 때 손에 시집이라도 한 권 들지 않으면 마음이 불안했다고 합니다. 대학에서 불문학을 전공하고 명작을 읽을 때마다 '나도 이런 작품을 써봐야지!' 하는 목표를 가지고 젊을 때부터 한국문학 작품을 탐독하면서 내 모국어로 나에 관한 문학작품을 한번 써보자는 결심을 하셨답니다. 교수님은 한국인의 이민문학이 되려면 이민 1세들이 한국어로 쓴 이민자들의 이야기를 가지고 다급할 때 'Ouch!'가 아니라 우리에게 절실하고 익숙한 '아야!'가 자연스럽게 나와야 한다고 말씀합니다. 그래서 현재 미국에서 각광을 받는 한인 2세들의 작품이 영어로 썼다면 그것은 영문학에 속한다고 합니다.

유학생으로, 교수로, 목사님 가정의 맏아드님으로, 온 가족을 미국에 초청한 선구자로, 미네소타의 올드 타이머로, 이민자들의 안내자로, 미 주류 사회에 한인회를 접목시킨 인사로, 이웃의 아픔과 기쁨을 같이 해온 아메리카의 한국인으로, 미 장로교회의 장로로… 이분의 소설의 소재는 다양합니다. 작가는 이러한 소재들을 서술과 전개에 그치지 않고 만만치 않은 이민 사회에서의 문제점, 무력감 뿐 아니라 이웃에 대한 사랑과 이민자의 자부심을 그렸습니다.

평론가 오순자 씨는 첫 단편집 〈여리고로 가는 길〉을 평하는 글에서 거의 반세기동안 모국어를 일상어로 사용하지 않는 곳에서 살아온 작가가 지금까지 우리 언어를 잊지 않고 소설을 썼다는 것은 그의 조국과 교포에 대한 사랑과 문화에 대한 자부심이라고 평합니다.

그의 소설 쓰기는 동족들의 고달픈 미국 이민 생활의 애환을 '이민문학'이란 범주 속에, 그것도 다른 이민자들처럼 오랫동안 미국 이민

교회에 관여하고 살아온 '미국 이민 크리스천 문학의 길잡이'이라는 국한된 범주의 작품이며 〈여리고로 가는 길〉은 이민 문학에 관심이 있는 후학들에게 길잡이가 될 것이라 추천합니다.

작가의 〈하늘 사다리〉 발문 해제를 쓰신 황충상 소설가는 "참으로 글다운 글은 배후에 신이 계신다. 이 소설집에 묶인 단편소설은 그 나름, 신의 배후가 있어 창작되었다는 말이다. 글은 공기이다. 공기는 값을 치루고 숨 쉴 수 없듯, 만물의 일상이 모두 글자체로 있음에 글 또한 공기처럼 향유하라는 것이다. 만유의 생존 법칙이 문학 전 장르의 글로 넘치는 까닭 또한 신의 배후로 가능하다. 그러기에 작가의 창작, 글의 법칙은 신의 법칙을 대행한다. 신의 법칙을 대행한 정총해 작가님의 글 13편의 이야기는 우리를 하늘과 어떻게 내통하는가를 짚어본다."라고 평합니다.

ytn 라디오 방송 09/08/2015

#47

<어머니와 전쟁> 시집 6권을 출간한 신은철 교수

켄터키주립대학에서 문학을 가르치는 신은철 교수가 쓰신 그의 삶과 시를 소개합니다.

"1950년 6월 25일 한국전쟁이 일어났다. 내 나이 열다섯 살 때 고향을 떠나 평양에서 공부하고 있던 나는, 유엔군의 평양후퇴 명령에 따라 가족에게 알릴 틈도 없이 단신 월남하여 서울을 거처 부산에 도착, 피난생활을 시작했다. 이듬해에 남에서 만난 친척들의 도움을 받아 고등학교에 입학하여 낮에는 학교로, 밤에는 부두노동을 하면서 고등학교를 마치고, 1958년 대학을 졸업했다. 졸업과 동시 입대, 제대를 거쳐 1963년에 미국으로 유학을 와 미네소타대학에서 박사학위를 받고, 미국대학에서 가르치고 있다. 한국의 수백만 이산가족이 경험 한 것 같이 나도 지난 65년 동안 하루도 어머님을 비롯하여 고향의 가족을 생각하지 않은 날이 없다. 1991년, 41년 만에 이북을 방문하여 꿈에 그리던 누님과 동생은 만났으나 어머님은 마지막 순간까지 '네 형은 아직 살아 있을 게다. 죽었다면 곧 만나겠지.' 하시고 돌아가셨다고 한다. 이 말을 듣는 순간, 나는 뼈저린 느낌으로 하염없이 울었다. 전시에 잃어버린 어린 아들을 찾아 평생을 몸으로 마음으로 헤매신 어머님을 생각하면 지금도 내 마음은 미어진다.

어머니

당신의 무덤을 저의 마음속으로 옮깁니다.

이곳엔

가둬놓는 관도 없고

당신을 묻어 놓는 흙도 없고

당신을 포장하는 풀도 없습니다.

당신은 자유입니다.

저의 마음 구석구석 다니시며

빠진 곳 없이 다니시며

당신을 잊게 하는 저의 무관심

당신을 괴롭히는 저의 자만심

당신을 욕되게 하는 저의 교만심

모두 살피시고

하나하나 끄집어내어

저를 꾸짖기 원합니다.

이제라도

사람 되기 위해

당신의 무덤을

저의 마음속으로 옮깁니다.

〈어머니의 무덤〉 전문

대학시절부터 시를 읽고 즐겨했지만 본격적인 시 창작생활은 은퇴한 후부터 이다. 2006년, 존경하던 고원 선생님의 추천으로 시인으로 등단한 후, 지금까지 다섯 권의 시집 〈어머님과 전쟁〉, 〈너, 당신, 그대〉, 〈단추〉, 〈점줄 인생〉, 〈새 고향〉 그리고 2016년 6월 제 6시집 〈사모곡〉을 출간 했다.

지난 이삼백 년 동안 서양사상에서 미(美)의 표현을 위주로 했던 현대주의 시(詩)는 시학(詩學)적인 견해로 볼 때, 20세기를 휩쓸어간 전쟁, 그리고 지금까지 계속되는 인간의 폭력적 행동과 분리할 수 없는 연관성이 있다. 20세기 우리나라도 일제의 식민지, 제 2차 대전 후 분단국의 이념갈등으로 동족상쟁의 전쟁을 겪었고, 자기(自己) 위주의 이념이 자초하는 폭력의 피해자가 겪어야 하는 슬픔을 아직도 일상생활에서 경험하고 있다. 슬픔은 삶의 즐거움을 빼앗아간다. 더불어 삶의 의미도 빼앗아간다.

서양문학에서는 비극을 통해 삶의 의미를 찾고 삶의 의미를 찾는 인간의 행동에 비극의 위대성이 있다. 그런데 역사적으로 동양 문학에서는 슬픔을 흔히 운명으로 취급했다. 이제는 인간의 슬픔을 운명으로 취급하는 것이 더 이상 용서되지 않는다. '나'를 위주로 하는 행동은 결국 '남'을 슬프게 하는 행동으로 인도한다. 이제는 남(他者)을 지배한다는 생각에서 벗어나 '네'가 '당신'이 되고, '당신'은 '나'와 다른 생활을 통하여 '나'보다 더 큰 사람, '그대'가 되고, '그대' 앞에서 나는 언제나 '나'의 부족함을 스스로 깨닫게 될 때, 나는 진정으로 그대를 사랑하지 않을 수 없게 된다. 비폭력 평화적인 인간사회가 우리의 이상이라면, 시(詩)가 이 이상을 어떻게 표현해야 하느냐는 시인의 몫이라고 생각한다.

시(詩)는 결코 '남'을 슬프게 하는 폭력의 동조자가 될 수 없다. 피해자는 소리 없이 외친다. 나에게 폭력을 가하지 말라고. 나의 시는 이 소리를 듣는 마음가짐의 표현이다."

ytn 라디오 방송 09/14/2015

#48

한국 시문학의 세계화를 이뤄 낸 조윤호 시인

조윤호 시인은 1963년 대학 재학 중 〈자유문학〉 신인상에 당선되어 한국 문단에 데뷔했습니다. 대학 졸업 후, TBC 방송의 라디오와 TV 기자로 사회부와 경제부에서 취재 활동을 했습니다.

1971년 미국 이민 길에 오르면서 한국문학을 세계화하는 꿈을 꾸며 한국문학을 미국에 알리겠다는 사명감을 가지고 열심히 일하고 계십니다.

후진 양성을 위해 지난 10여 년간 로스앤젤레스에서 '해외문인협회' 회원들과 '재미시인협회' 회원들, 그리고 '미주시문학회' 회원들을 중심으로 시문학 창작 강의를 해 오면서 지난 2년간은 오렌지카운티 소재 한미가정상담소 부설 '글 샘터'에서 시 강의를 하십니다. 2016년 10월부터는 '해외문인협회'의 요청으로 가든 그로브에서 시와 수필 강의를 하십니다.

〈해외문학〉지는 1996년, 김영삼 대통령이 초청한 해외 동포 문인 심포지엄에서 문예지 창간에 대한 뜨거운 동의를 얻은 후 미국에서 창간하게 된 문예지입니다. 미국의 고원 시인, 러시아의 리진 시인, 중국의 김철 시인, 이상각 시인, 일본의 이회성 소설가, 그리고 카자흐스탄의 양원식 소설가 등 해외 여러 나라의 대표 급 문인들을 편집위원으로 선정하고 조윤호 시인께서 발행인 겸 편집인이 되었습니다. 〈해외문학〉지의 역할은 한국문학을 한국의 주요문인들과 각 대학 도서관, 국회 도서관 그리고 세계 여러 나라 문인들과 단체 등에 보내서 알리는 일입니다. 그러나 미국 주류문단을 뚫기가 어려워 상심하고 좌절 하고 있을 때, 미국의 시인이자 출판사 대표인 스탠리 H. 발칸의 도움으로 미국 시인들과 작품을 교류할 수 있는 길이 열리게 되었습니다. 그때부터 연간 30여 명의 미국과 국제 시인들의 시를 받아서 한글로 번역하여 〈해외문학〉지에 게재하게 되었습니다.

〈해외문학〉은 2011년 7월 26일 로스앤젤레스 가든스윗 호텔에서 미국 시인들과 영국 시인 그리고 '해외문인협회' 회원 시인들이 참석한 가운데 '한미 시문학교류 기념축제'를 조촐하게 가졌습니다. 이를 계기로 2013년 미주한인 시인들과 한국 시인들 그리고 미국과 국제 시인들의 시를 모은 〈BRIDGING THE WATERS〉 창간호를 출간했고, 뉴욕 소재 '시인의 집'에서 출판 기념회를 가졌는데 미국과 국제 시인 등 120여 명이 참석해서 뜻 깊은 창간기념회를 열었습니다.

이 창간호는 미국의 아마존에서 매진되었으며 이를 통해 국제 시인 단체들과 파트너십이 체결되었습니다. 미국과 일본, 루마니아, 그리고 폴란드의 문예지들은 〈해외문학〉과 〈국제 현대시〉에 발표된 시작품 가운데 조윤호 시인과 김경년 시인 등 여러 미주 한인시인들의 시를 게재해 주고 평가해 주기도 했습니다. 한국의 시작품이 세계 여러 나라와 작품교류를 한 것은 이것이 처음입니다. 〈해외문학〉지의 홈페이지 hewemunhak.com의 시 부문에서 지난 2014년부터 지금까지 가장 많이 열람된 시를 보면, JoSelle Vanderhooft 시인의 'THE DESERT AT MID-DAY' 시가 88만 명으로 단연 1위를 차지했고, 전희진 시인의 'SALT DESERT'가 69만 명으로 2위, 그리고 조윤호 시인의 'ONE SMALL FLOWER SEED' 시가 63만 명으로 3위를 차지했습니다.

이처럼 〈해외문학〉 홈페이지가 뜨겁게 달아오르는 이유를 조윤호 발행인은 다음과 같이 정리합니다. 첫째는 한국시에 대한 호기심입니다. 미국 시인들을 비롯한 국제 시인들은 오랜 시문학의 역사를 지닌 한국시의 주제와 표현 방법에 특별한 관심이 있습니다.

둘째로 영어권이 아닌 다른 나라 시인들도 세계 시인들의 시 작품에 대한 관심이 높습니다. 이로 인해 비영어권 나라의 문예지들이 한국시를 그들의 언어로 번역하여 발표해 주고 있습니다. 루마니아 문예지와 폴란드 문예지가 선두로 한국시를 소개하고 있습니다.

셋째는 미국의 시인들과 독자들이 한국을 비롯한 세계 여러 나라의 현대시에 대해 큰 관심을 가지고 있다는 뜻입니다. 미국 뉴욕에서 발간되는 시 전문지 〈Lips〉와 미국 뉴저지에서 발간되는 시 전문지 〈Paterson Literary Review〉, 영국의 웨일즈에서 발행되는 시전문지

〈The Savens Quarry〉 그리고 일본의 시 잡지 Tokyo의 〈Coal Sack〉에서도 〈해외문학〉 홈페이지 hewemunhak.com가 소개되었습니다.

올해의 〈해외문학〉 제 21호는 국제 시인들이 41명이 작품을 보내와 12명을 줄여야만 했습니다. 그리고 〈한미 현대시 2〉에는 50여 명의 국제시인들이 작품을 보내와 부득이 표제 이름을 〈국제 현대시 2〉(BRIDGING THE WATERS)로 이름을 바꿀 수밖에 없을 정도로 문전성시를 이루고 있습니다. 올해 중에 출간될 〈국제 현대시2〉에는 국제 시인 50여 명과 미주 한인시인 28명, 그리고 한국 시인 15명의 작품으로 576 페이지의 책이 될 것입니다.

아메리칸 드림은 경제적인 풍요에만 있는 것이 아니라 미국 내 여러 분야에서 한국인의 위상을 높이고 가장 성공한 한국인으로 부상되는 것이라고 강조하는 조윤호 시인은 해외문학 발행인으로 아메리칸 드림을 이루신 분입니다.

#49

이(임)정아 이민 수필가
그리고 피오피코 한인 타운 도서관

이(임)정아씨 아버님은 1948년에 이북에서 등단하신 임진수 모더니즘 시인이십니다. 아버님 영향으로 어려서부터 글짓기를 하며 많은 백일장에서 입상을 했습니다. 이화여대 가정대학을 졸업하고 한국에서 가정 선생을 7년 하다가 유학생 남편을 따라 미국에 와서 1988년부터 LA에 살고 있습니다. 1991년 LA 교민 백일장에서 장원을 하고, 1997년 한국수필에 등단하고 주로 크리스찬 문협에서 활동을 했습니다.

1999년 당시 시 소설 등의 전문 장르의 모임은 있지만 수필 모임은 없었기에 전달문 고문과 9명의 문인들이 발기멤버가 되어 김영중씨를 초대 회장으로 모시고 재미수필문학가협회가 시작되었습니다. 수필가 협회에서 하는 일은 계간으로 협회 소식지인 〈퓨전수필〉을 발행하며 재미수필문학가협회 신인상을 공모하여 10회째 신인 수필가를 발굴하고 있습니다. 2014년 기성문인으로 해외거주 수필가 중 한명씩을 선정하여 시상하는 수필문학상도 제정하였습니다.

이정아씨는 한국일보 미주본사 문예공모전 심사위원(2008년~2012년)을 했고 10여 년간 미주 한국일보와 미주 중앙일보 칼럼을 쓰고 있습니다. 현재 한국 수필 작가회의 회원, 국제펜클럽 한국본부 이사이고 재미수필문학가협회 회장과 이사장을 역임했습니다. 수필집 〈낯선 숲을 지나며〉, 〈선물〉, 〈자카란다 꽃잎이 날리는 날〉 그리고 동인집 〈참 좋다〉를 출간 했습니다. 해외한국수필 문학상(2004), 미주 펜 문학상(2007), 조경희 수필문학상 해외작가상에 이어 국제 펜 문학상, 해외 작가상(2014)을 수상했습니다.

문학 평론가인 부경대 박양근 교수는 이정아씨의 3번째 수필집 〈낯선 곳에서 낯선 삶〉 작품 해설에서 "진지한 어조로 꿰어낸 한 편 한편은 현실로부터 정서적 해방을 지향하는 작가적 삶과 문학과 종교를 융합하려는 담론을 고스란히 보여주고, 백인 중심사회에서 이룬 디아스포라 문학애(愛)조차 갖추어 그 일체성의 의미는 더욱 깊다. 이정아씨는 수필이라는 '그의 일기장'을 들고 부동의 자세만으로 재미 수필의 격을 높이고 열정과 냉정으로 엮어진 〈자카란타 꽃잎이 날리는 날〉은 더욱 문향을 풍겨준다. 무엇보다 세상을 향하여 콜하는 이정아의 수필 담론은 재미 문단에서 달리 찾을 수 없는 자리를 부여 받을 것이다."라고 평합니다.

수필집 〈자카란타 꽃잎이 날리는 날〉의 시작에 '피오피코 코리아타운 도서관'을 후원해야 하는 이유를 썼습니다. 작가는 한인 타운에 있는 시립도서관에 특별한 관심을 가지고 도서관에서 교민대상으로 수필교실을 2년간 운영했고 후원 회장도 역임했습니다. 도서관 이름에 '코리아 타운'이라는 명칭을 넣어 피오피코 코리아 타운 도서관이 되기까지 10년이 걸렸고, 유일하게 경기여고 동창회에서 낸 $5000의 종자돈으로 코리안 헤리테지 섹션이 시작은 되었으나 10만 불, 20만 불 후원단체가 많은 일본, 중국 도서관에 비할 수 없음을 지적하며 각 동창회나 단체 기관의 후원을 청하고 있습니다. 유구한 문화유산과 전통을 가진 한국을 알리는 데에는 책을 통한 방법이 가장 가치가 있다고 생각하는 이정아씨는 한국을 설명한 책이나 한국인이 저술한 한국 관련 책을 더 많이 수집하여 외국인이나 2세들에게 한국을 소개하고 자랑 하는 데 쓰여 지기를 소망하고 있습니다.

자존감과 자신감으로 이민 수필을 쓰는 이정아씨는 "이곳의 문인들은 한국의 문인들에게 잘 보여서 지면을 얻어 보려고 무진 애를 씁니다. 이곳에 방문한 문인들에게 비굴할 정도로 대접하고 고개 숙입니다. 그러나 이제는 한국 문학지에서 이곳 미주 문인의 글이 환영받고, 싣기 위해 애쓰는 시기가 왔습니다. 당당하게 청탁받아 글을 내기위해 열심히 글 실력을 닦아야하고, 잘 쓴 글은 언젠가는 인정받으리라는 자신감을 가지고 노력해야 합니다. 문단활동에 참여하는 시간보다 글을 쓰는 시간을 더 가져서 문인의 위상을 높이고 품위 있는 문인이 되길 다짐하자."고 말합니다.

ytn 라디오 방송 04/13/2015

#50

딸과 작품 영역을 같이 하는 이원택 한미 번역문학 협회 회장

정신과 전문의로 한미 번역문학 협회의 이원택 회장님은 경복 중학교 2학년 때 교내 백일장에서 '가을이 주는 것'이란 수필로 3등에 입선됨을 계기로 중3~고2까지 문예반 활동을 하면서 교지 편집도 하고 남·녀 6개교 고등학생들이 모인 〈썰물〉이란 문학 클럽에서 시 낭송회도 가졌습니다.

회장님은 원래 문학가나 철학자가 되고 싶었으나 아버님 뜻에 따라 서울 의대에 진학하여 육군 군의관으로 3년간 복무하고 1975년에 도미해서 Detroit와 Toledo에서 정신과 수련을 쌓고 1979년 Harbor-UCLA로 옮겨 와서 정신 신체 의학 fellow를 했습니다. 1980년부터 Long

Beach에서 개업을 시작하고 1992년 노인 정신과 전문의가 되었습니다. 외국인이 미국 환자를, 특히 정신과 환자를 치료하느라 애로사항이 없었던 것은 아니었으나 인간이 공유하는 지식이나 감정은 문화나 언어의 차이를 훨씬 초월하는 것이어서 그럭저럭 버텨왔고 특히 LA 지역은 다민족, 다문화 사회라 처신하기가 한결 쉬웠다고 합니다.

회장님은 어렸을 때의 꿈이 꿈틀거려 2007년 환갑기념으로 첫 번째 수필집 〈만화경〉을 펴내면서 글쓰기에 훨씬 재미와 보람도 더 느끼게 되었답니다. 자의 반, 타의 반으로 약 1400부를 찍는 서울의대 미주동창회 회보인 〈시계탑〉의 편집장을 2년간 했습니다.

어렸을 때는 소설을 쓰고 싶었지만 나이가 들고 보니 끈기가 없어져서 수필쓰기로 타협을 보고 1~2년에 한 권씩 〈요지경〉, 〈무아경〉, 〈혼미경〉, 〈신비경〉을 출간했습니다. 자연히 문학단체와 글쓰기 강연도 쫓아다니다가 이왕이면 나도 한번 글쓰기 지침서를 써보자고 2014년에 〈메타라이팅〉이란 부교재 비슷한 책을 썼습니다.

다음은 이원택 회장의 〈한미번역문학협회〉에 대한 소개입니다.

"내 딴에는 심혈을 기울여서 쓴 책들인데 공짜로 줘도 안 가져가는 것을 보면서 오랫동안 미국권에서 살다 보니 한국적 정서나 언어에 문제가 있는지도 모르겠다는 생각이 들더군요. 생각해 보니 40년을 미국에서 영어를 쓰면서 산 세월이 아까운 거예요. 그렇다면 이열치열이라고, 일부 미주 문인들이 가지고 있는 불리한 조건을 역이용해서 한번 새로운 도약을 해 보기로 했지요. 그래서 큰 맘 먹고 금년 6월 남가주에 있는 10여 명의 문인들과 함께 〈한미번역문학협회〉를 결성

했습니다. 발기총회에는 '한국문학을 미 주류 사회에 심도 깊게 소개하고 미국문학을 한국사회에 효과적으로 전달하자.'는 거창한 슬로건을 내 걸었습니다. 우선은 자신들의 작품을 영문으로 번역하는 데 초점을 맞추고 있습니다. 매월 3번째 토요일 오후에 Long Beach에 있는 협회사무실에서 각자의 작품을 가지고 나와 서로 토론, 교정, 충고하고 있으며 한두 분의 전문가를 초청해서 강의도 듣고 있습니다.

또한 여름과 겨울에는 보다 넓은 장소에서 약간 큰 규모로 심포지엄도 하고 있어서 지난 8월에는 약 40명이 참석한 가운데 LA '작가의 집'에서 한국 부경대의 박양근 교수가 '한영번역의 이론과 실제'에 대해, UC 버클리의 김경년 전 교수가 '번역의 득과 실'에 대해서 강의도 하고 토론도 했습니다. 앞으로 UCLA나 USC를 통해 젊은 세대를 끌어들이고 한국에 있는 유사 단체와 자매결연을 해서 협회가 성장하면 한·영문으로 된 연간 Anthology도 출판하고 연례 번역문학상도 생각하고 있습니다.

문학작품의 번역은 힘이 들고 시간도 많이 소요되는 작업이지만 하다 보면 재미도 있고 보람도 있습니다. 그동안 제가 쓴 책들을 딸에게 한 권씩 주었으나 한 장도 읽지 못해 서로 답답하기가 이루 말할 수 없었습니다. 자신이 쓴 책이 최소한 자기 자손들에게나마 읽힐 수 있다면 얼마나 좋겠습니까. 그래서 요즈음은 내 글을 내가 대충 영어로 번역해 가지고 딸애한테 교정을 부탁하고 있습니다. 책도 같이 읽을 수 있고 부녀간의 유대가 더 돈독해 지고 있으니 여러분도 함께 해 보시기 바랍니다."

ytn 라디오 방송 11/09/2015

#51

정옥희 수필가의 서양사위 이야기

큰딸 미셸 Steel의 어머니, 정옥희 수필가는 이화여대 국어 국문학과와 동 대학의 교육 대학원에서 언어 석사를 하고 중·고등학교의 국어 교사와 일본 도쿄에 있는 한국학교의 국가 파견 한국어 교사를 역임했습니다. 문맹퇴치 운동으로 세계 봉사 상, 문교부 장관상인 교육 공로자상, 미주 동포문학상 등을 수상했고 미주 한국문인협회 이사장을 지냈으며 수필집 〈유칼립투스 나무가 있는 마을〉, 〈로우링힐스의 여인들〉, 〈언덕위의 마을〉, 〈보랏빛 가지에 내 생을 걸고〉가 있습니다. 그리고 일본에서 열린 동양서예전에서 〈해서〉로 장려상을 받았습니다. 장옥희씨는 얼마 전에 지병으로 돌아가셨습니다. 여기에 실린 글은 그의 수필집 2권에 실린 글입니다.

"우리의 생활 터전을 미국으로 옮기게 되고 큰아이는 말리부 해안에 있는 대학으로 진학하였다. 바쁜 이민 생활의 나날이 화살처럼 지나서 세 딸 중 큰 아이는 혼기에 들어섰다.

교직 생활에서 개인 사업으로 전환한 나는 큰 아이의 도움 없이는 옴짝 달싹도 할 수 없는 처지가 되었다. 큰 아이가 아침에 나와 같이 가게 문을 열고 학교로 달려가 오전 시간만 끝내고는 내쳐서 다운타운에 있는 가게로 되 돌아와, 엄마의 오른손 노릇을 하다가 폐점해서 가게 문을 닫으면 부지런히 다시 학교로 달려가 저녁 클라스에 들어갔다.

나는 큰 아이를 위해서 주말에 엠버서더 호텔의 테니스 스쿨에 등록을 해주었다. 몇 주 후에 큰아이는 어떤 미국 청년이 테니스 파트너가 되어 달라고 한다며 명함을 들고 왔다. 그의 직업이 변호사라고 쓰여 있었다. 얼마 후 큰 아이는 그 테니스 친구와 할리우드 볼에 간다며 담요가 필요하다고 하였다. 할리우드 볼이 음악당이라는 것은 귓결에 들은 바는 있었어도 담요가 필요한 곳인 줄은 몰랐다. 아이고머니나, 딸아이의 테니스 친구를 대면으로 보기 전에는 담요를 들려서 내보낼 수가 없다는 나에게 소개한 그 친구는 새파란 눈의 서양 청년이었다. 담요를 안고 나가는 두 사람 뒤에서 나는 한없이 울었다.

미국 청년과의 교제는 운동을 통해서 무난히 두해가 넘도록 지속해 나갔다. 나는 근심스럽게 둘을 지켜보면서도 그들의 교제를 말리지는 않았다. 내 경험으로 미루어 절대적으로 효과적인 방법이 아니라는 것을 잘 알고 있었기 때문이다. 그리고 그해 겨울에 보나벤추어 호텔의

'탑 오브 화이브'에서 약혼식을 올리고 그 이듬해 구월에 '레이크 사이드 골프클럽'에서 아름다운 결혼식을 가졌다. 한 치의 오차도 없는 사람, 우리나라 함경도 사람처럼 열심히 일하며 처자권속을 철저하게 지키는 사람, 방학이 되면 두 딸들을 한국학교에 보내고 내가 여행이라도 떠나는 날은 내손에 돈과 정을 같이 쥐어 줄 줄 아는 사위, 나는 늘 하나님께 감사하고 있다.

큰딸이 아일랜드계 미국 사람과 결혼한 지도 17년의 세월이 지났다. 그리고 내가 딸과 같이 산지가 십여 년이 지나갔다. 짧지 않은 세월에 나는 딸 내외가 서로 옥신각신하는 일을 본 일이 없다. 그것은 큰딸의 성미가 까탈스럽지 않은 점도 있으려니와 일벌레로 유명한 큰 사위가 하루 평균 열두 시간 동안 일을 하고 집으로 돌아오면, 완전히 가정인으로 동화되어 조용했던 집안을 장터같이 활기 넘치게 만들기 때문이다.

한평생을 교단에 서서 살아 온 나는 딸집에 살기 시작한 3년 동안, 심한 모순당착에 빠졌었다. 자식을 도와주기 위해 이집에 들어오긴 했으나 천하를 잃어버린 듯이 나 자신이 외로웠다. 그러나 이 큰 고독의 늪에서 이겨 낼 수 있었던 것은 엄마를 집안의 '보스'로 모시고 엄마가 하는 일은 다 좋다고 해 주는 딸 내외의 따뜻하면서도 심오한 인격적인 배려가 있었기 때문이었다.

열심히 일하며 야박하지 않고 가정을 보물처럼 지키는 것이 생의 최고의 행복이라고 믿는 사람, 장모의 칭찬을 누구에게나 해서 나를 유명인으로 만든 사위, 그리고 김치볶음밥과 순두부찌개를 좋아하는 서양사위, 그리고 오늘 까지 선하고 진실하게 살고 있는 내 큰 딸 미셸 네가 그저 소중 할 뿐이다.

ytn 라디오 방송 12/21/2015

*미셸 스틸 박은 한인 최초의 오렌지 카운티 수퍼바이저입니다.

#52

남가주 서각의 선구자
Dr. 최신정의 아름다운 마무리

최신정 정신과 의사가 이 세상을 떠나셨습니다. 2016년 봄, 선생님은 건강에 이상이 있다는 것을 아시고 따님 댁 가까운 곳에 주거를 옮기시고 아끼시던 작품, 책들을 '좋은 작품을 많이 하라'는 충고와 함께 제자들에게 모두 나누어 주셨습니다.

주위에서 선생님의 여위어 가는 모습을 보면서 염려할 때마다 "걱정 없어, 인명은 재천이니까."라며 편하게 제자들을 가르치시다가 3주간 연락이 안 될 것이라는 말씀이 마지막 인사였습니다.

제자들은 선생님의 아름다운 삶에 무한한 존경을 표하며 그동안 베푸신 사랑과 은혜에 감사하는 마음으로 2016년 10월 8일 선생님의 영전에 바치는 제 4회 미주 서각협회 전시회를 가졌습니다. 그리고 지난 6년간 '시화' 그룹에서 시를 공부하면서 쓰신 시와 글이 곽설리 시인 편집으로 〈시와 글〉이란 제목의 책으로 출판되었습니다.

최 박사님은 40년간 VA Hospital에서 일하시면서 전쟁터에서 마음과 몸의 상처를 입고 고통 받는 병사들을 정성껏 치료하셨습니다. 선생님은 한국이민들을 돕는 가정상담소에서 문화와 환경에서 오는 정신적 상처를 입고 스트레스 장애로 마약 중독과 정신질환으로 고생하는 환자들을 사랑과 인내심으로 도우셨습니다. 자원 봉사는 자기 마음을 다스리는 일이니 결국 자기 자신에 대한 봉사라고 역설하시며 상담과 치료를 오래하셨습니다. 은퇴하신 후 서예와 서각을 가르치시면서 귀한 작품들을 상담소 기금으로 쓸 수 있도록 기증하셨습니다.

그 이외에도 일 년에 몇 달씩 한국을 방문하여 약물 남용으로 정상적인 수업을 계속 할 수 없는 남녀 고등학생을 모아 가르치는 학교에서 정신과 의사로서 학생들의 문제 해결을 도우셨고 알코올 중증 환자들을 치료하는 프로그램과 재활프로그램을 만들어 치료소에서 계속 쓸 수 있게 했습니다. 그리고 나병 요양소를 찾아 환자들과 여름을 같이 지나면서 그분들의 손과 발이 되어 드리기도 했습니다.

최신정씨는 중학교 때 가족과 함께 평양에서 내려왔습니다. 서울 문리대 수학과 재학 중 6·25 동란이 일어나 피난처인 부산에서 경남 의대에 편입 이수 했습니다. 서울 의대에서 '알코올이 뇌에 미치는 영향' 박사논문으로 박사 학위를 받으시고, 동 대학에서 연구원으로 계시다 뇌 연구차 미국에 오셨습니다. 뉴욕 롱아일랜드 병원 정신과와 캘리포니아 VA병원의 마약 중독 센터에서 오래 동안 일하시다 은퇴 후 한국가톨릭 병원에서 알코올, 약물재활센터의 책임을 맡으셨습니다. 전문저서로 〈임상정신 약리학〉, 〈담배, 마약 그리고 술〉이 있습니다.

2006년 미국에 돌아오셔서 서예와 서각 선생님으로 많은 제자들을 가르치셨습니다. 서각과 서예는 우리나라 전통을 바탕으로 자신의 존재를 확인하기위한 직접적인 표현이자, 본능적으로 느끼고, 갈망하고, 실천하는 형상적 표현 예술이라고 생각하시는 선생님은 국전에 여러 번 특선을 하신 예술가입니다. 또 한편으로는 그동안 곽설리 시인과 시 공부를 하신 등단 시인입니다. 돌아가신 후 시집 〈시와 글〉이 출판되었습니다.

사회복지

Social welfare

#53

한인 이민 사회의 역사와
미래 지도자 양성의 선구자 김기순

김기순 씨는 이북에서 태어나 13살인 중학교 1학년 때 삼팔선을 넘어 남한에 내려 왔습니다. 폐허가 된 서울에서 고생고생하며 고등학교를 졸업하고 1956년, 미국에 유학 와서 칼 폴리 포모나에 입학하여 수학과 전기 공학을 공부했습니다. 아름다운 캠퍼스에서 평안한 마음으로 공부를 열심히 하고, 남성합창단에 입단하여 솔로이스트로 한국말과 영어로 '오 대니 보이'를 부르며, 한인 학생들을 모아 축제를 하는 등 즐겁고 보람되고 활동적인 학창시절을 보냈습니다. 이렇게 자신을 인간적으로 성숙시키고 사회를 제대로 볼 수 있도록 키워준 칼 폴리 포모나에 선생님은 늘 감사하며 특별한 사랑과 애착을 가지고 학교를 돕고 있습니다. 이분은 학교 동창회의 발기 이사로 시작하여 지금도 학교 재단 이사직을 맡고 있으며, 가족이름 Kim's 장학재단을 설립하여 본교 학생들에게 장학금을 주고 있습니다.

김기순 선생님은 미국에 도착해서부터 커뮤니티에서 발행하는 신문과 LA 타임스의 사회, 문화, 정치면을 꼼꼼하게 읽으면서 기회가 되는대로 무엇이든 봉사하고 다른 사람에게 대가 없이 나누면서 커뮤니티에 유익한 사람으로 생활해야겠다는 생각을 했답니다. 1970년대에 접어들기 까지는 개인과 가정생활의 안정을 위해 열심히 공부하고 일했습니다. 동창회와 교회에서 한인 관련 이슈들을 많이 접하면서 문화와 관습이 다른 사회에서 언어 장벽을 넘지 못해 고통 받는 많은 한인들을 돕기 위해서는 단체의 힘이 필요함을 절실히 느끼셨습니다.

1972년, 한인회 이사가 되면서 이사님은 한인 권익향상을 하려면 조직적인 한인회의 힘이 필요함을 역설하며, 모든 기념행사와 문화 행사들을 대규모로 하기 시작했습니다. 남가주 미스코리아를 선정하여 한국의 본선 대회에 보내고, 한인주소록도 만들었습니다. 올림픽과 웨스턴에 위치한 현재의 한인회관 구입을 위해 자리 잡은 한인들을 찾아 도움을 청했고, 건물대금의 반은 한국정부로부터 받아내어 1975년 11월 22일 한인 회관을 개관했습니다.

선생님이 엔지니어링 매니저로 계시던 제록스 회사에는 1975년부터 기업의 이익을 사회에 환원하자는 취지로 직원들에게 일정기간 월급을 주면서 커뮤니티 봉사 활동을 하게 하는 제도가 있었습니다. 이전부터 주말이나 휴가 기간을 이용해 한인회 이사와 LA 통합 교육국 아시안 아메리칸 커미셔너 직책을 맡아 활동하던 김기순 씨는 회사에 다음과 같은 내용의 신청서를 냈습니다.

"제 목표는 LA지역에 새로 이민 온 청소년 및 성인들에게 교육을 시켜 커뮤니케이션 문제를 해소 내지는 경감시켜 새 이민자들이 이 나라에서 주인 의식을 가지고 미국의 유능한 시민이 되도록 내 경험과 지식, 의욕 모두를 동원해 돕고 싶습니다. 한인 커뮤니티의 문제들은 한국어와 한국 문화와 가치관을 아는 사람이 다루어야 하지만, 우리 모두가 미국 시민임으로, 미국 전체가 제공해야 할 서비스라고 생각합니다."

이렇게 강조한 신청서가 통과되어 선생님은 회사로부터 가장 긴 기간인 1년 사회봉사 휴가를 허락 받아 일 년 동안 한인 커뮤니티 봉사활동만 했고 직장인 제록스에는 매달 초 봉사활동 보고만 했습니다.

이분의 활동을 지켜본 원로 언론인 이경원씨는 '김기순씨는 참 고상한 분'이라는 말을 거듭거듭 하면서 선생님의 자서전 서문에 다음과 같이 썼습니다.

"김기순씨는 남가주 한인회, 한인회관, 청소년 후원회(캠퍼 코니퍼), 한인 청소년회관, 한미 장학재단, 1000여명의 지도자 감을 키운 대학생 리더십 컨퍼런스, 한인 사회의 NAACP 혹은 일미 시민 연맹이라 할 수 있는 한미 연합의 아버지라 불릴 만한 분이다. 그가 사회봉사 활동을 하면서 1970년부터 2005년까지 최소한 4만 시간 이상을 바치고, 20만 달러가 넘는 돈을 기부했으며, 30만 마일 이상을 운전한 것이 틀림없다."고 합니다.

또 한국일보 미주 본사 박록주필은 "김기순 씨는 미주 한인 사회의 가장 신뢰 할 수 있는 리더 중 한분으로, 자신이 말하는 리더의 두 가지 덕목을 갖춘 분이다. 첫째는 자신의 이름은 뒤로 밀어두고, 이끄는 단체를 앞세우는 순수한 비전을 가진 분이다. 둘째는 행동하는 리더로 스스로 움직이며 일하지 않으면 아무도 따라 오지 않는다는 원칙을 실천한 분이기에 존경한다."고 말합니다.

매일 아침 4시 반에 기상하여 배달된 신문을 꼼꼼히 읽으신 후, 일과를 시작하시는 김기순 선생님은 구체적이고 현실에 근거를 둔, 그래서 실현 가능성이 있는 Plan, 그리고 긍정적인 사고와 태도로 적극적으로 활동하는 Action, 그로 인해 얻어지는 Result 즉 계획하고 실천하여 결과가 있어야 한다는 'P.A.R.'를 평소 원칙으로 삼아오셨습니다. NCR, 제록스 그리고 한국의 삼성에서 고문과 부사장직으로 5년 동안 계시는 동안, 삼성의 순수익이 5배로 늘었고 직원도 16만에서 22만으로 된 것에 자부심을 가지고 43년 동안의 전기 공학 엔지니어 직을 마감하는 김 선생님에게 모교 칼폴리 포모나는 2005년, 저명한 동창에게 주는 사이언스 공로상(Distinguished Award)을 수여했습니다. 〈PAR 50/70〉은 70세에 돌아본 미국 생활 50년을 기록 출간한 김기순씨의 회고록입니다.

ytn 라디오 방송 3/2/2015 와 03/09/2015

#54

인종관계 개선에 앞장 선
커뮤니티 액티비스트 Grace Kim

미국 고등학교에서 정년퇴직한 후에도 CKA, KCA를 계속 돕는 Grace Kim 선생님은 1950년 6월 25일 한국전쟁이 발발했을 때 서울사대 1학년생이었습니다. 전쟁통에 양평 산속에 숨어 계시다 폐허가 된 서울에 나오신 선생님은 목사님들과 함께 부모를 잃고 버려진 천여 명의 전쟁고아들을 서울 초등학교에 데려다가 돌보았습니다.

대학 졸업 후, 숭의 여고에서 가르치면서 밤이면 친구들과 함께 고아원에서 도망 나온 중·고등학생 연령의 고아들을 모아 이들이 희망을 가질 수 있도록 기술을 익히고 신앙을 가질 수 있도록 도우셨습니다. 이때 선생님은 약하고 병든 자, 도움이 필요한 자, 인권을 잃어버린 자와 또 사회정의를 위해 인생을 바치겠다는 서원과 기도를 하셨습니다. 부산 피난 시절 기독학생 협동관에서 만난 Dr. Luke Kim과 1962년 뉴욕 버팔로 교회에서 결혼식을 올리고 남편은 임상심리학 박사로, 그레이스 선생님은 데이비스 고등학교의 교사가 되었습니다. 미 장로교회에서 장로 안수를 받고 미국에 있는 한국 교회의 발전과 소수 민족 교회와 지도자 양성에 힘쓰는 동시에 한영 찬송가 편집위원, 한국 여성 협의회, 한국 구전 역사책 출판 등에 참여하시는 그레이스 선생님에게 미 장로교 총회는 '신앙의 여인' 상을 수여했습니다.

선생님은 미국 고등학교에서 24년간 학생들을 가르치면서 청소년 문제의 대부분이 부모와 자녀간의 대화 부족인 것을 실감하며 1980년부터 10년간 이민자들의 청소년 문제와 가정 문제를 돕는 'Dear Grace' 칼럼을 한국일보에 연재했고 이 내용을 실은 책 〈대화의 광장〉이 1988년 7월 영학 출판사에서 출판되었습니다.

2016년 5월에 고려대학교 출판 문화원에서 출간된 〈외로운 여정 – 육성으로 듣는 미주 한인 초기 이민사, 하와이에서 유카탄, 쿠바까지〉는 그레이스 김 선생님과 김익창 선생님 부부가 미 장로교의 지원을 받아 영어로 쓴 초기 이민사로 미국에서 태어난 2세들의 이야기, 멕시코 유카탄의 한인들, 미군에 입대한 2세들, 조국의 독립을 위해 희생한 1세들의 한과 그들의 공허함을 메우려는 노력을 담은 이야기입니다. 이것을 이경원 기자가 편집하고 장태환 교수가 한국말로 번역 출판한 책입니다.

선생님은 소수민족의 인권에 투철한 분입니다. 가르치던 데이비스 고등학교에서 한 백인 학생이 베트남 학생을 살해한 일이 생기자 선생님은 종합교육 구내의 모든 학교와 시청 안에 인종관계위원회(Human Relations Committee)를 조직하여 인종관계를 개선하고, 인종 혐오범죄의 예방법을 통과 시켰습니다. 또 1973년, 샌프란시스코 차이나타운에 살인 사건이 발생하자 경찰은 한인 청년 이철수를 범인으로 체포하여 재판에 넘겼습니다. 본인은 백인 갱과 라틴계 사이의 싸움이었다고 무죄를 주장했지만, 1심과 2심에서 혐의가 인정되어 이철수는 살인범으로 사형집행을 기다리게 되었습니다. 이 사건을 알게 된 선생님 내외분은 지역의 커뮤니티 활동가들과 함께 유재건 변호사를 회장으로 모시고 그레이스 김이 부회장이 되어 이철수 구명 후원회를 발족했습니다. 수사기록과 재판기록을 꼼꼼히 조사 한 결과, 이철수가 무죄라는 확신을 갖게 되자 이를 세상에 밝혔고, 전국 여러 곳에서 동시다발적으로 이를 후원했습니다. 이철수는 다시 재판을 받고 무죄가 확정되어 5년 6개월 만에 감옥에서 석방되었습니다. 이 사건은 미국 역사상 처음으로 소수민족의 억울한 사형선고가 무죄로 석방된 승리의 예입니다. 한국정부는 선생님의 이런 노력에 감사드리며 사회 봉사상인 동백장을 수여했습니다.

이철수 구명 운동을 성공적으로 끝내신 선생님은 한인 1세, 2세, 3세가 힘을 모으면 큰일을 할 수 있다는 확신을 가지시고 지금도 소수민족의 권리에 호의적인 주 상·하 의원 후보자라면 소속 당에 관계없이 그가 당선 되도록 온힘을 기울이시며 경제적으로 크게 후원하고 있습니다. 그 대표적인 단체로 1983년에 설립된 한미연합회(Korean American Coalition)는 미국사회에서 한국인 혹은 한국계 미국인 커뮤니티의 목소리를 대변하는 비영리, 비정파를 지향하는 지역사회 단체입니다. 당시 교직원이었던 그레이스 김 선생님은 거금을 지원하여 코리안 아메리칸 지역사회의 현안 문제, 민원의 해결과 민권 증진을 목적으로 지역사회와 결속하여 다양한 지역공동체와 연합할 수 있도록 도왔습니다. 최근에 이민 100년이 넘은 한인사회의 박물관 건립과 이민 사회 인사들의 활동을 담은 책 출간도 크게 돕고 계십니다.

ytn 라디오 방송 12/07/2015

#55

이철수 구명위원회와 로버트 김 구명위원회의 위원장, 유재건 인권변호사

어려서부터 소외되고 억압받는 사람들의 억울함을 풀어주는 변호사가 되겠다는 꿈을 꾸었던 유재건씨는 살인사건에 연루되어 사형언도를 받은 한국 청년 이철수 청년에 대한 기사를 보게 되었습니다. 형무소를 찾아가 만난 이철수는 한국전쟁 직후 태어나 아버지 얼굴도 모른 채 이모 집에서 살다가 열두 살에 국제 결혼한 엄마를 따라 미국에까지 왔지만 방치되어 소년원, 정신병원 등 여기저기 떠돌다가 결국 형무소까지 들어가게 된 것입니다. 1973년 차이나타운에서 발생한 살인 사건의 용의자로 종신형을 받은 이철수는 1977년 옥중 살인 사건에 또 다시 연루되어 결국 사형 언도까지 받게 된 것입니다.

유재건 변호사는 자신을 변호할 마땅한 권리조차 모르는 이철수를 내버려두어서는 안 된다는 생각에 무료변론을 맡고 조사하는 과정에서 경찰이 사건을 조작했다는 증거와 소수민족이라고 무시하여 허술하게 수사한 정황들이 속속 드러나게 되었습니다. 그렇게 시작된 일은 쉽게 끝나지 않았지만, 세 아이를 키우는 아버지로서 한국인 역사에 이런 차별사건을 남겨서는 안 된다는 생각에 교포들과 함께 250여 교회를 다니며 구명운동을 하며 6년을 버텼습니다. 1982년 9월, 샌프란시스코 법정에서 이철수에게 무죄가 선고되었고 이 일로 한국 교포사회는 120년 역사상 진보와 보수, 세대와 세대를 넘어서 하나가 되었다고 합니다. 이때부터 유재건 씨는 '인권변호사'라는 별칭으로 지금까지도 미국 이민사회에서 자주 거론 됩니다.

이분은 연세대학교와 동 대학원에서 정치외교학을 공부했습니다. 1971년 미국 브리검 영 대학원에서 사회학 석사, 워싱턴 주립대학에서 사회학 박사 과정을 거쳐 캘리포니아 주립 법과대학원에서 법학학위를 받으셨습니다. 미 연방정부 지역사회 변호사로, 캘리포니아 동양법률상담소장, 또 로스앤젤레스에서 벌률 사무소를 운영하면서 동포들을 위한 무료상담을 했고 이철수 구명위원회 위원장과 로버트 김 구명위원회의 위원장으로 일을 많이 하셨습니다.

귀국하여 재미 한인의 인권 문제에 관한 세미나에서 '이철수 구명운동'으로 한국에 이름이 알려지게 되었고 이것이 계기가 되어 방송국 시사토론 사회를 맡게 되었습니다. 1990년부터 1993년까지 MBC 시사토론을 진행했고 1993년부터 1995년까지 KBS TV 심야토론을 진행했습니다. 미국과 한국의 대학에서 법철학, 영미법, 법사회학을 강의했으며 1996년 제15대 국회의원 선거에서 새정치국민회의 국회의원으로 당선된 3선 국회의원이십니다.

이분은 당 의장이나 원내대표 같은 자리를 맡아본 적은 없지만 지도부 총사퇴 등 비상시기엔 어김없이 비상대책위원회 위원으로 추대되는 분입니다. 국제사면위원회, 외교연구모임 등의 회장과 국제의원연맹의 집행위원, 리 인터내셔널 법률회사 상임고문, 한국유네스코협회연맹 회장, 한국유스호스텔연맹 총재를 하셨습니다.

저서로 〈함께 부르는 노래〉(범우사), 〈21세기 한국의 외교정책〉(나남), 〈은혜인생〉(두란노) 등이 있고 국민훈장인 '무궁화장'과 헝가리 정부 십자훈장을 수상했습니다.

1966년 한국 기독교연합회(KWCC) 강연장에 기독교 봉사단체의 학생지도자로 참석한 이화여대 김성수씨와 유네스코의 지도간사 강연자로 나오신 유재건씨가 처음 만나 사귀게 되었고, 이년 후 두 분은 서울 명동 YWCA 강당에서 결혼식을 올렸습니다.

늘 긍정적이고 에너지가 넘치며, 사람을 섬기는 그의 성품을 통해 사람을 살리고 조직을 살리고 나라를 살리는 일에 몰두하시는 유재건씨는 '마음이 따뜻한 사람', '자신도 즐겁고 남도 즐겁게 해 줄 줄 아는 사람', '겸손한 사람', '문화 차이가 있는 타 민족 간의 문제 해결사'… 등의 수식어가 많은 분입니다.

미국에 20년을 계시는 동안 새크라멘토에서 한글학교, 한인회, 노인회 등의 시작과 참여로 한인 사회의 기틀을 잡아 주셨습니다. 그레이스 김을 위시한 미국에 계신 친구 분들은 2017년 1월, Pepperdine 법과 대학에 객원교수로 오실 유재건 교수를 학수고대하고 있습니다.

#56

UCLA에 치매억제 및 당뇨병예방 연구 석좌교수직을 개설한 '밝은미래재단'의 홍명기 회장

홍명기 회장님은 성공한 사업가이십니다. 그리고 차세대를 미연방 정부와 정계에 진출시키는 일을 사명감으로 생각하시는 분입니다. 1954년 미국에 유학 오셔서 UCLA 화학과를 졸업한 홍 회장은 자동차용 도료와 합성수지 등을 제조, 연구하는 회사에 26년간 근무했습니다. 그가 개발한 기술로 회사가 큰돈을 벌었음에도 불구하고 소수민족이기에 승진과 급여에서 차별을 받음에 울분을 느낀 홍명기 회장은 그가 만 51세가 되던 해(1985년) 그동안 모았던 2만 달러를 가지고 '듀라코트'회사를 창업했습니다. 창업한 지 10년도 되지 않아 기술력을 인정받아 가장 주목할 만한 회사로 성장하여 스미모토 철강에 25

년 동안 제품을 장기 공급하는 계약을 체결하여, 이 분야 미국시장 점유율 1위의 기업이 되었습니다. 회장님은 매출액의 5%이상을 연구개발비로 투자하시며 친환경제품 개발에 주력하셨습니다.

모든 일에 있어서 '내가 하는 일이 곧 한인들을 대표하는 일이다.'라는 각오로 하신다는 회장님의 성공 비결은 "작은 일에 최선을 다 할 뿐이다."이고 이분의 사업번창의 비결은 "끊임없는 노력과 최선을 다하는 것"이라고 말씀하십니다.

회장님은 열심히 벌어서 필요한 곳에 쓰겠다는 신념을 가지신 LA 동포사회의 든든한 재정 후원자이십니다. 2017년 1월 홍명기 이사장님은 모교 UCLA에 치매억제 및 당뇨병예방 연구 및 후진 양성을 위해 2백만 달러를 내시었고 모교는 '홍명기 석좌 교수'(Myung Ki Hong Endowment Chair)직 2개를 개설했습니다.

남가주 한국학원이 폐교 위기에 처했을 때 300만 달러 기금을 모아 학교를 살렸고, 폐교위기의 민족교육학교를 정상화시켰으며, 항일독립운동의 성지로 꼽히는 '대한인 국민회관' 복원에 크게 기여하셨습니다. 미국본토에 최초의 한국인 동상인 도산 안창호 선생 기념동상을 건립하여 민족정신 함양에 앞장섰고, 미주동포후원재단을 이끌면서 자랑스러운 한국인을 발굴하여 차세대들로 하여금 귀감이 되도록 성장시킨 공적을 기리어 대한민국 최고의 훈장인 동백장(2003년)과 무궁화장(2011년 10월)이 이분에게 수여됐습니다.

차세대들을 연방정부와 의회에 진출시키는 일이 한인사회 미래를 밝히는 등불이라고 믿고 계시는 회장님은 그 일을 위해서는 한인 1세대가 한민족의 자존감과 자긍심을 차세대에게 심어주어 자신의 정체성을 분명히 알게 하는 것이 무엇보다도 중요하게 생각하십니다.

그리고 미국에서 소수민족에 대한 차별을 극복하기 위해서는 미국이 요구하는 법과 질서를 잘 지켜야 함을 강조하시며 혼자 옳다고 주장하기 보다는 서로 양보하여 화합의 길로 향하는 것이 한인사회에 기여하는 길이라고 말씀하십니다.

#57

워싱턴의 언론박물관 '뉴지엄'(Newseum)에 20세기를 빛낸 '언론인 500인' 가운데 유일한 한국인으로 등재 된 이경원 기자

이경원씨는 1928년 개성에서 태어난 독립유공자, 이형순씨의 아드님입니다. 1949년 고려대를 중퇴하고 보름 동안 배를 타고 미국에 오셔서 미시간의 디트로이트에서 언론학으로 석사학위를 했습니다.

애초 유학을 마치고 귀국할 계획이었지만 이승만 독재를 비판하는 날카로운 칼럼을 현지 언론에 기고했다는 이유로 여권이 말소되어 백인 언론사에 남게 되었습니다. 1970년에는 캘리포니아 주의 유력 언론인이자 소설가 마크 트웨인이 기자생활을 했던 '세크라멘토 유니온' 일간신문에 입사되어 당시 유일한 동양인 기자이자 한국인 최초의 미국 주요 일간지 취재기자가 되었습니다. 기자님은 빈곤, 광산 보안, 인종차별 그리고 새로 부상하는 시민 평등권운동에 관련된 새로운 기사들을 깊이 있게 다루었고 미국 내 소수 인종의 인권 문제를 다루면서 언론계에 크게 알려졌습니다. 세크라멘토 유니온 일간신문의 기자로 30여 년 간 활동했던 기자님은 1979년부터 4년 간 미주 내 최초의 한인 사회의 영문신문인 〈코리아타운 위클리〉을 발간, 아프리카계 미국인과 한국 이민자들 사이에서 생기는 갈등을 인식하면서 미국 전역에서 일어나는 한인 타운에 관한 영문판 기사들을 주로 실었습니다.

기자님은 1988년 서울 올림픽 대회 기간 동안 연합뉴스(코리아헤럴드)의 편집고문을 하셨습니다. 2003년 기자님은 20년 동안 자신이 보관해온 '코리아타운 위클리(KoreaTown Weekly)' 기사 약 1백여 상자를 한인회에 기증했습니다. 기사 내용에는 교포사회 형성과정, 교회를 비롯한 단체와 개인들의 활동 내역이 상세히 실려 있어 역사적 보관 가치가 큰 것으로 알려지고 있습니다.

지난 40년 동안 미 주류 언론에서 기자 활동을 하신 이경원 기자님은 29개의 저널리즘 어워드를 받으셨고 한미언론 협회(Korean American Journalist Association)의 창립 회장이며 미주 한인 언론인 협회 창립을 주도 하셨고 UCLA에서 언론학을 강의 하셨습니다.

기자님의 기억에 가장 남는 것은 1978년에 차이나타운에서 발생한 동양인 인권운동의 상징으로 꼽히는 '이철수 사건'을 꼽습니다. 이 사건은 후에 로버트 다우니 주니어 주연의 영화 '신봉자'(True Believer)를 만들어질 정도로 큰 관심을 모았습니다. 이러한 활약 덕분에 기자님은 언론인 명예의 전당인 워싱턴의 언론박물관 '뉴지엄'(Newseum)에 20세기를 빛낸 '언론인 500인' 가운데 유일한 한국인으로 등재되었습니다. 이분은 젊은이들의 사회 정의 참여를 위해 그들의 감정을 흥분시키고 자극시켜 열정을 불러일으키는 탤런트가 있어 83세의 노령에도 미국 전역의 명문대의 초청교수로 강의를 하시며 사회정의를 위한 비판적 칼럼을 기고하고 계십니다.

#58

한인 청소년들을 미래 지도자로 키우는 인권변호사 김도형(Do Kim)

세 살 때 미국에 온 김도형씨는 Harvard대학에서 Afro-American Studies와 사회학을 복수 전공 하고 UCLA 법대에서 법학 박사를 했습니다. 이분은 미국 사회에 뿌리 깊은 유색인종에 대한 차별과 편견에 대해 깊은 관심을 가지고 소수민족, 특별히 한국 이민자들을 위한 인권 문제 해결에 혼신을 다하는 변호사입니다.

김도형씨는 법과 대학에 다니면서 흑인을 위시한 소수 민족 그룹의 진출을 위해 1909년에 창설된 The National Association for the Advancement of Colored People(NAACP)에서 Legal Defense기금을 관리했으며 the Asian Pacific American Law Journal의 공동 편집

장을 했고 the Paul & Daisy Soros Fellowship을 받았습니다.

법과 대학 졸업 후 캘리포니아 연방지방법원의 직원이었고 그 이후 Mia Yamamoto 법률사무실에서 범죄 예방을 위한 일도 했습니다. 5년 전부터는 인권 법률 사무소인 Schonbrun Seplow Harris & Hoffman LLP 로 옮겨 인권, 시민권, 공민권, 고용에 관한 전문 법조인으로 일하고 있습니다.

흑인과 한인 협동조합의 멤버로 한국 타운 중심가인 윌셔 가에 Do Kim 개인 변호사 사무실을 두고 한국 상인들과 흑인 손님들과의 문제를 해결해 왔습니다. 특별히 1992년에 LA에서 있었던 4·29 폭동으로 해를 입은 한국 상인들을 위한 대변을 앞장 서 왔습니다.

1993년에는 the Korean American Youth Leadership Program을 발족하여 한국 젊은이들이 한국 타운 발전에 참여하고 기여 하도록 이끌었습니다. 이들에게 다른 민족들과의 화합이 얼마나 중요한가를 가르치며 지역사회의 청소년들이 서로 화합 할 수 있도록 다민족 청소년지도자를 키우는데 전력을 다하고 있습니다.

이분이 조직한 청소년들을 위한 프로그램인 Pico-Union Community Center는 학교 수업 후에 학생들에게 자신의 장래 진로와 직업을 선택할 수 있도록 수학, 컴퓨터 기술과 그 외 자료들을 제공하며 청소년들에게 지도자가 되는 꿈을 가질 수 있도록 롤 모델을 찾아 말씀을 듣게 하고 직접 견학을 시키기도 합니다.

1997년 김도형 변호사는 Gang Awareness Project를 조직하여 미국 내에서 최초로 "Where In 10."이란 Asian gang 중재 프로그램인 다큐멘터리를 만들었습니다.

김도형씨는 변호사로 일하는 동시에 이철수 구명운동의 주축이 되셨던 이경원 기자님의 이름을 딴 〈K.W. Lee Center for Leadership〉의 창립자이며 회장입니다. 이분은 한인 타운의 청소년들을 미래 지도자로 만들기 위해 이들에게 필요한 방법을 가르치며 기회를 찾아 주고 재정적으로 힘껏 돕고 있습니다. 또한 LA 공립학교에서 다문화 과목을 가르치며 LA 시장을 돕는 Asian Pacific American Islander(아이랜더)의 정책 고문입니다. 20여 년간 김 변호사가 도운 지역사회의 젊은이들은 수 천 명에 달합니다.

김 변호사는 2007년 또 2012년~2014년에 걸쳐 by Law & Politics Magazine에 평등권 부문에서 'Rising Star'로 선정되었습니다. 1998년에 〈Harvard Guide to Careers in Public Service〉란 책을 출판했고 〈Look at Korean American History Academic Planner〉의 발행인입니다.

열정적인 인권과 공권 변호사로서 보안을 유지하며 권력 남용을 중재하며, 죄수 학대를 막고, 직원 차별에 대한 강한 대처를 해오는 김도형씨는 "먼저 나 자신에게 솔직한 내가 좋은 사람이다."라는 정의(定義)하에 사회 정의(正義)와 차세대 지도자를 키우는 것을 그에게 주어진 사명으로 생각하고 있습니다.

ytn 라디오 방송 10/26/2015

#59

이민자 권익 옹호와 풀뿌리 조직 활동을 하는 민족학교의 이길주 이사장

30년 넘게 민족 학교의 발전을 위해 봉사해 오는 이길주 이사장은 아버님이 일제 통치를 피해 중국으로 망명하여 병원을 하셨던 만주 길림성에서 태어났습니다. 1968년 서울대학교 음악대학 성악과를 졸업하고 1970년 미국으로 이민 와서 음악활동을 했습니다.

1983년 민주항쟁을 하다 미국으로 망명하신 윤한봉 선생과 함께 로스앤젤레스에 민족학교(KRC. korean Resource Center)를 설립하는데 동참하였고, 민족학교 제 2대 이사장을 15,6년간 지냈으며, 1993년부터 2013년까지 민족학교와 미주 한인봉사 교육단체 협의회의 이사장직을 겸직하다가 2014년 다시 민족학교의 이사장직을 맡게 되었습니다.

민족학교는 '바르게 살자', '뿌리를 알자', '더불어 살자', '굳세게 살자'의 정신으로 이민자 권익옹호, 시민 참여, 그리고 풀뿌리 조직 활동을 하고 있습니다. 이를 통해 코리안 아메리칸과 저소득 이민자, 소수민족 커뮤니티를 강화시킨다는 신념과 사명감을 가지고 시간과 노력과 재력을 쏟아 부어 지금의 민족학교로 발전시킨 분 중의 한분이 이길주 이사장 입니다.

민족학교 프로그램은 내용에 따라 이민자 권익, 의료권익, 시민 참여, 재정 강화, 문화, 리더십 개발 등 5개 분야로 나누고 커뮤니티 교육, 봉사, 권익옹호, 그리고 커뮤니티 조직 운영을 병행하고 있습니다. 구체적이고 책임 있는 운영을 위해 10여명의 유급, 무급 직원들이 정부의료보험 신청에 대한 상담 및 신청을 돕고 특별히 65세 이상의 연장자 회원으로 구성된 '가보리' 그룹은 가주 보험에 대한 권익을 위해 활동하고 있습니다. 선거안내, 유권자 등록, 선거참여 독려, 유권자 권리보호, 시민권신청, 상담 및 작성을 돕는 시민참여 운동을 하고 있으며 연방 주택국(HUD)에서 공인받은 상담기관으로 차압방지에 대한 교육 및 주택상담 뿐 아니라 Credit에 대한 교육, 저소득층 세금보고 작성 그리고 저소득층 공공주택인 시민 아파트 입주 신청 등을 돕고 있습니다.

현재 포괄적 이민개혁은 소수민족사회의 가장 절실한 문제입니다. 한인들만 해도 미국 내 서류미비자가 7명 중 1명, 즉 약 23만 명으로 추산되고 있습니다. 민족학교는 서류미비자들이 미국 사회의 일원으로 합법 신분을 취득하고, 동등한 권리를 누릴 수 있도록 십년이 넘게 커뮤니티 교육과 이민개혁을 위한 다양한 캠페인을 펼치고 있습니다. 그 결과 2012년에는 서류미비 학생들이 추방의 공포에서 벗어나 노동허가서를 받아 합법적으로 일하고 운전면허를 취득할 수 있는 대통령 행정명령을 얻게 되었습니다. 2013년 가주에서 이민자 권익을 위해 서류미비자 청년들을 위한 Dream 법안을 통과시키는데 성공하였고, 2014년 11월에는 시민권자나 영주권자 자녀를 둔 서류미비 부모님들까지 포함하는 대통령 행정명령이 발표될 수 있었습니다.

문화 활동으로는 장년층을 위한 '장구학당', 어린이를 위한 '바람소리', 민족학교 풍물패 '한누리' 등이 매주 또 여름캠프를 통해 배우고 있으며 20여년이 넘게 공연을 하고 있습니다. 2014년 11월 민족학교는 오렌지카운티의 Buena Park에 새 사무실을 열고 LA 사무실과 똑같은 서비스를 제공하고 있습니다. 이러한 민족 학교의 봉사와 교육은 모두 무료로 제공됩니다.

ytn 라디오 방송 01/19/2015

#60

아프리카 30만 주민의 식수를 해결한
소망 소사이어티의 유분자 이사장

한국의 해외 간호사 하면 1966년 1월 128명의 파독간호사 1진이 일본항공(JAL) 전세기를 타고 프랑크푸르트 공항에 발을 내디딘 것이 첫 시작입니다. 미국에서는 케네디대통령이 유럽 중심 이민법의 개혁을 선언하고 아시아인들을 받아들이는 새로운 이민법이 발표되면서 간호사 취업문이 열렸고 당시 대한적십자사 초대 간호사업 국장을 하시던 유분자 이사장님이 1968년에 RN간호사로 미국에 오셨습니다.

1970년대 초반 남가주 한인 간호 협회 회장 당시 유분자씨는 강의실을 얻고 강사진과 고문변호사를 구해 미국 RN시험반을 만들어 언어가 미숙한 한국 간호사들이 RN시험에 합격하도록 도우셨습니다. 덕분에 3,000 명 이상이 RN으로 일하며 저마다 가족들을 초청하면서 미주 한인 사회 형성과 발전에 주도적 역할을 했습니다.

1979년에 개인 경비로 발간한 〈재미간호 신보〉에 계속해서 RN시험 준비에 필요한 특강 면과 해외 간호사들의 정보와 소식을 실어 전 세계 한인 간호사들이 서로 연결 되게 했습니다. 창간 1주년 특집으로 발간한 해외 한인 간호사 주소록은 해외 한인 간호사들의 정확한 현황을 파악할 수 있게 하여 '해외 한인 간호총람'으로 그 결실을 맺게 되었습니다. 유분자씨는 재미 간호협회장, 재외 한인간호사대회의 창립 총회장을 거쳐 지금은 해외간호사 대회의 이사장이십니다.

유분자 이사장님은 국내외에서 소외계층을 위한 가족법 개정, 가정폭력 특별법 제정과 개정 운동에 기여하셨습니다. 1983년 LA 한인 가정상담소의 창립 멤버이시고 1999년 대한 가정 법률 복지 상담원 설립과 '나라 사랑 어머니회'를 창립하셨습니다. 2007년 소망 소사이어티를 창설하고 죽을 준비 교육과 소망 유언서 쓰기 운동을 펼치셨고 한인 사회의 장례문화 개선에 앞장서시어 시신 기증 캠페인으로 이미 600여명의 한인들이 UC 어바인 의과대학에 시신기증을 서약하게 한 분입니다.

몇 년 전부터 한국의 굿 네이버스와 함께 소망 우물 프로젝트에 동참해 마실 물을 구할 수 없어 오염수를 마시는 아프리카 차드에 유분자 이사장님과 부군이신 이규철 장로님이 제 1호 우물 기증을 시작으로 현재 300여 개가 넘는 우물을 팠습니다. 우물 한 개로 1000여명이 깨끗한 물을 마실 수 있으니 지금까지 30만 명 이상의 주민들의 식수를 해결한 것입니다. 차드는 학령기 아동 중 80%가 학교에 다니지 못한다고 합니다. 이사장님은 우물에 물을 길러 오는 사람들을 보면서 “이곳 주민들이 피폐한 삶을 운명처럼 살고 있는 것은 배움이 없기 때문이다. 생명의 물이 솟는 소망 우물가에 배움의 터전을 만들면 거기서 배우고 자란 아이들은 다른 세상을 꿈꾸게 되리라. 꿈과 희망을 갖고 자란아이들은 ‘내일’을 이끄는 지도자가 되리라.” 이런 생각을 하시면서 구체적으로 소망 우물 1호가 있는 은두에 소망 유치원 1호를 세우셨고 유치원 2호는 두 번째 우물이 있는 쿤둘에 지었습니다.

일생을 생명을 귀하게 여기는 전문인으로서 “누가 해야 한다면 내가 하고, 내가 한다면 지금하고, 지금 한다면 기쁘게 한다.”는 모토로 평생을 살아오시는 이사장님에게 대한민국은 국민훈장 목련장을 수여했습니다. 이외에도 보건사회부 감사패, 재미 간호 협회 공로패, 한국 가정 법률상담소 공로상, 밀알 상, 개척자상, 사단 법인 감사패 등을 받으셨습니다. 저서로는 2006년에 자신의 삶을 돌아보는 자서전 〈내일은 다른 해가 뜬다〉와 2016년 소망의 ‘아름다운 삶, 아름다운 마무리’ 캠페인을 구체적으로 알리자는 소명감을 가지고 〈그래서 삶은 아름답다〉를 출간했습니다.

한번 간호사면 영원히 간호사라고 말씀하는 이사장님은 아픈 이들을 돌보고 힘든 이들을 보살피는 간호사의 정신으로 남은 생을 살고 싶다고 하십니다.

ytn 라디오 방송08/10/2015

#61

북한의 식량부족 해결에 나선 김필주 박사, '세계를 움직이는 여성 150인'에 선정

2011년 3월 미국 시사 주간지 뉴스위크는 '세계를 움직이는 여성 150인' 중에 한 분으로 Agglobe Services International의 김필주 박사님을 선정했습니다. 이분은 북한의 경제 침체와 식량부족의 근본적인 문제를 종자 보급과 농업기술로 해결해가는 선구자입니다.

박사님은 함경도에서 태어나 8살 때 남한에 오셨습니다. 6·25 전쟁 중 피난길에서 농가의 찌들은 가난을 목격한 12살 소녀는 농부들을 부자가 되게 도와주겠다는 결심을 했고 이는 농과대학 진학으로 이어졌습니다.

박사님은 서울 농대 농학과를 졸업하고 1962년 9월 미시시피 주립

대학으로 유학을 와 종자학으로 대학원을 마치고 코넬 대학에서 작물 생리학을 전공하여 박사 학위를 받고 1975년부터 8년간 세계 제 1위의 농업 전문 기업인 Northrup King Co.(지금의 Syngenta Co.)회사에서 종자 연구 책임자로 일했습니다. 1985년부터 7년 동안 세계 70개국에 씨 판매망을 가진 Pioneer Hi-Bred International회사의 국제 Technical Services Director로 일하며 미국과 캐나다를 제외한 전 세계의 Pioneer지사와 비즈니스 파트너들에게 고품질 종자 생산 방법과, 종자 품질 관리를 지도했습니다.

그 무렵 공산국가였던 동구권 나라의 종자 기술 보급도 김 박사의 소관 임무였는데 이것이 북한에까지 알려지면서 미 장로교 교단의 총회장이셨던 이승만 목사님을 통하여 북한으로부터 초청장을 받았고, 회사의 격려로 1989년 3월 17일 미 장로교 장로님이었던 박사님은 북한을 방문하여 가난한 농가와 배고픈 농부들을 만나게 된 것입니다.

초기에는 북한의 농업성과 농업과학원에서 옥수수 재배, 이모작 도입, 선진 영농기술을 북한현지에 전수하는 일에 주력했습니다. 2004년부터 중국에서 수입하는 목화 가격이 엄청 오르자 북한은 대책 마련으로 박사님에게 목화 재배를 요청했습니다. 목화는 솜뿐만 아니라 뿌리나 줄기로부터 기름, 약재 등을 생산하는 등 하나도 버릴 것이 없는 작물입니다. 그러나 북한은 지리적, 기후적으로 목화 재배가 어렵습니다. 박사님은 북한 기후와 토질에 맞는 목화를 찾기 위해 많은 노력과 연구와 실험을 하신 후, 북한 땅에 맞는 목화를 심게 되었고 북한으로부터 약 900만평의 황해도 땅을 임대받고 주민 만 팔천 명 중 8000여명의 농부들과 농장에서 같이 일하게 된 것입니다. 지금은 매해 목화 생산량을 늘리고 있으며 현재 농장에서 나오는 목화를 자체 조면 공장을 세워 생산하면 북한 동포들도 자급자족이 가능한데 자금이 부족해 하지 못하고 있음을 안타까워하십니다.

박사님은 미국에 가족과 그가 대표로 계신 비영리 단체 Agglobe를 두고 계십니다. 그가 북한을 방문할 때면 농부들과 함께 농장의 기후와 비료, 병충해 등을 고찰하고 농장의 작물 개량과 증산에 헌신하는 자상한 목화 할머니입니다. 또 평양 과학 기술대학에서는 미래 후계자를 위해 종자와 농업기술을 가르치는 세계적인 석학, 교수입니다. 박사님은 북한 식량 부족의 근본적인 문제 해결은 한계가 있는 식량 지원 보다, 종자 보급이나 농업기술 지원으로 해결해야 한다는 신념을 가지고 계십니다.

또 세계에서 지도층 국가가 되려면 인구 1억은 되어야 하는데 통일만 이루어진 다면 8000만 한민족이 세계 강대국으로 발전할 수 있는 디딤돌이 될 것이라는 확신을 갖고 계신분입니다.

ytn 라디오 방송 12/01/2014

#62

콩으로 아프간의 가난 해결에 나선
권순영 박사

아프가니스탄 주민들의 굶주림과 영양부족을 콩 재배로 해결해 나가는 권순영 박사는 1972년에 고려대학교에서 농화학을 전공하고 미국으로 유학 왔습니다. UC 데이비스와 오하이오 주립 대학에서 식품생화학 석사와 박사를 받고 1986년부터 세계적 식품 회사, Nestle에 몸을 담고 Medical Nutrition 의료 식품 개발을 담당했습니다. 박사님은 Technical Director로 세계 곳곳에서 식량난에 허덕이는 사람들의 소식을 접하는 동안, 오랜 내전을 거치면서 굶주림과 영양부족으로 고통 받는 아프가니스탄 주민들의 실상을 알고 이에 특별한 관심을 갖게 되었습니다. 2003년 현지를 방문하고 자비를 들여 비영리 단체 NEI (Nutrition and Education International)재단을 설립했습니다.

그리고 아프간 주민들의 영양실조를 해결하기 위해 단백질이 풍부한 콩을 택했습니다. 그 이유는 콩 제품이 고기나 계란 우유 보다 15~20배 값이 싸고, 이곳 농부들 각자가 심고 생산 할 수 있어 가족의 굶주림과 영양을 쉽게 해결 할 수 있기 때문입니다.

이분의 10여 년간의 노력으로 아프가니스탄의 양귀비 밭은 콩밭으로 바뀌었습니다. 이곳은 인구의 85%인 2,400만 명이 농업에 종사하고 있는데 그중 6만 명이 콩을 재배하고 있으며 앞으로 100만 명이 될 것으로 추정하고 있습니다. 2009년에 생산된 콩은 사망률이 높은 지역의 어린이들과 임산부 5000명에게 매일 두유의 형태로 공급했고 2,500명의 임산부에게 100톤의 콩과 콩 분말을 공급했습니다.

2011년에는 4,000 톤의 콩을 생산하고 콩 분말 공장 3개를 더 세웠습니다. 이렇게 콩 산업이 주민들의 영양과 건강 문제 해결 뿐 아니라 가난한 아프가니스탄 국가경제 발전에도 크게 기여 하고 있습니다.

권순영 박사님은 Nestle의 Technical Director였기 때문에 본사의 격려와 기술 지원을 받을 수 있었고, 일터인 아프가니스탄 정부의 인정을 쉽게 받을 수 있었던 것을 고백합니다. 또 일본, 한국에서도 UN 산하 기관인 세계식량계획(WFP, World Food Programme)의 지원으로 콩 생산과 제품 개발이 비교적 짧은 기간에 이룰 수 있었던 자신의 경험도 말씀합니다. 이러한 이유로 자선사업을 하려는 분들은 은퇴 후로 미루지 말고 몸담고 있는 회사의 후원과 직위를 잘 활용하면 훨씬 효과적이라고 강조하십니다.

박사님은 2008년까지 Nestle의 full time Technical Director로 일

하면서 아프가니스탄의 개발 사업을 겸하다가 Nestle에서 은퇴하고 지금은 아프가니스탄의 콩 재배와 콩 제품 개발에 전념하고 있습니다.

굶주린 사람들에게 기적 같은 일을 해낸 권순영 박사에게 아프간뿐 아니라 전 세계 콩 연구가들은 그를 '콩 박사'라고 부르며 칭송하고 있습니다. 지난해 박사님은 주변의 숨은 공로자로 국민 훈장인 석류장(2013.12.26.)을 받았습니다.

ytn 라디오 방송11/10/2014

#63

비영리 단체들을 돕는
UEC(United Exchange Corp)의 대표, 최유진

최유진씨는 한국에서 중학교를 마치고 1978년 미국에 이민 온 1.5세입니다. UC Irvine대학교에서 전자공학을 전공하고 컴퓨터 회사와 반도체 전문 개발유통 업체에서 일을 하다 2001년부터 UEC(United Exchange Corp)를 창업, 운영하고 있습니다. 작은 규모로 시작했지만 중견기업으로 계속 성장하고 있는 UEC는 한국, 중국, 미국 등 여러 나라에서 경쟁성 있는 무역 협력 기구인 OTC 제약제품과 생필품 조달로 미국 전지역 70,000 매장에 납품하고 있는 전문 유통회사입니다. 최우진 씨는 미국직장에 다니는 동안 보고 배운 비즈니스 운영방법과 영업 마케팅 전략을 도입하여 주류 사회의 대세에 따라 운영되는 한인 회사라는 데 큰 자부심을 가지고 있습니다.

이분은 가진 것을 나눠야 한다는 소명의식을 가지고 사회 발전에 기여하는 사업과 일선에서 봉사하는 사회복지 단체를 적극적으로 지원하고 있습니다.

자녀를 키우는 학부모로서 학교 활동에 적극 참여했고 한국문화와 한국인의 위상을 높이는 일에도 열심이었습니다. 그뿐 아니라 1.5세로서 정치에 입문하는 한인들의 선거 자금이나 모금활동을 소속 당에 관계없이 적극적으로 돕고 있습니다. 현재 UC Irvine CEO Roundtable과 Council for Korea America, 또 UC Irvine Alumni Board의 멤버로 활동하고 있습니다.

8년 전 비영리 단체인 소망 소사이어티가 시작할 때부터 회사 건물 한 편을 소망소사이어티의 사무실, 회의실 ,강의실, 창고 까지 쓸 수 있도록 장소를 제공했습니다. 멀리 아프리카의 물 없는 차드에 소망우물 파는 일을 지원하고 있으며 배울 기회 없는 그곳에 아이들을 위해 우물가에 세워지는 소망유치원 건립과 운영에 재정지원을 크게 하고 있습니다. 또 부모님 세대인 이민 1세대가 열심히 일만하다 노후를 어떻게 보내야 할지, 다가오는 죽음을 어떻게 대비해야 할지 모르는 분들에게 방향을 잡아드리고 계몽시키는 그래서 본인뿐 아니라 자녀들과 가족들을 안심시키는 소망 소사이어티의 '아름다운 마무리' 캠페인에도 특별한 관심을 가지고 돕고 있습니다.

#64

오렌지 카운티 한미 노인회 상조회
지사용 이사장

오렌지카운티 한미 노인회 상조회의 지사용 이사장님은 1974년 미국에 오셨고 지금 연세가 84세로 실비치 레저 월드에 사십니다.

잘 가꾼 본 사이 화분으로 집 입구 길을 내고, 넓지 않은 정원 공간과 햇살을 마음껏 즐길 수 있도록 집을 잘 꾸미셨습니다. 사모님과 함께 항상 이웃 분들의 방문을 반기시며 주위 분들 돕는 일도 즐겨하십니다.

이분은 1990년부터 오렌지카운티 한미 노인회 일을 시작으로 4년간 회장을 하시면서 노인회를 비영리 단체로 등록하여 지금도 주정부로부터 버스 대여 기금을 받게 하셨습니다. 그리고 오렌지카운티 한미 노인회 상조회의 창립멤버로 상조회 이사장을 10년째 하시면서 상조회의 기반을 든든하게 다진 분입니다.

오렌지카운티 한미 노인회 상조회는 사는 동안 자녀들과 화목하게 지내고, 죽은 후에도 자녀들에게 경제적 부담을 주지 않겠다는 뜻으로 시작한 25년의 역사 깊은 단체입니다. 상조회 사무실은 가든 그로브에 있으며 박철순 회장님과 이태구 부회장님께서 올해 노인회 일을 맡으셨습니다. 아침이면 어른들이 모여 배드민턴을 칩니다. 둘러 앉아 장기도 두고, 어른들에게 필요한 정보를 서로 나누고, 미국 생활에 필요한 서류를 번역도 해 드리고, 노래 교실, 영어 고실, 시민권 교실 등 다양한 프로그램으로 어른들의 삶이 한층 재미있고 건강하고 보람된 노년 생활을 즐기시도록 노력하고 있습니다. 일 년에 서너 번씩 아리랑 마켓을 위시해 이웃 상가들의 후원을 받아 잔치도 하고 같이 관광도 하십니다. 노인회 상조회는 55세부터 75세까지 주거 지역에 관계없이 누구나 가입할 수 있습니다. 가입 절차는 가입 신청서 1통, 사진 2매, 건강 진단서 1통, 입회비는 50 달러이고 월 회비는 없습니다. 현재 500여명의 회원이 있고 비축된 기금이 40만 달러입니다. 2년 이상 가입 된 회원이 돌아가시면 회원 당 20 달러를 모아 만 불을 드리는데 그중 500 달러는 경비로 사용하고 9500 달러를 드립니다. 만일 가입 후 6개월 이전에 돌아가시면 납부한 돈만 받으시고, 2년이 채 안되어 돌아가시면 절반을 드린답니다. 지금까지 회원 중 359명이 돌아 가셨고 그분 가족들에게 장례비를 지급했습니다.

84세이신 박복수 시인이 보내주신 〈아름다운 노년〉이라는 글에서 몇 편을 골라 보았습니다.

아름다운 노인이 되려면

1. 아름다운 노인이 되려면 젊어지기를 바라는 착각을 버리고 젊게 보이려고 애쓸 필요 없이 나이 드는 것을 수용하는 긍정적인 마음 자세가 가장 중요하답니다.

2. 아름다운 노인이 되려면 아무리 작아도 자기만의 공간인 서재 혹은 자기 책상이 있으면 생활이 향상 된답니다. 사람은 누구나 한 가지 재능을 타고 났다니 그 재능을 찾도록 노력하십시오.

3. 노년은 큰돈이 필요한 생활은 아니나 경제적으로 독립할 수 있어야 합니다. 누구에게 손을 내밀면 안 됩니다. 그래서 상조회에 가입하는 것도 아름다운 노년의 준비라고 할 수 있겠습니다.

4. 건강이 없으면 다른 것을 다 갖추어도 아름다운 노인이 될 수 없습니다. 그래서 부지런히 운동을 해야 하는데 걷기운동처럼 좋은 것은 없습니다.

5. 아름다운 노인이 되려면 첫째 식탐(食貪), 둘째 약탐(藥貪)을 자제하시고 셋째 말을 줄이시랍니다.

ytn 라디오 방송 04/27/2015

#65

함경북도 홍수 피해 수재민들을 돕는
Shin Eunmi Foundation의 신은미

어렸을 때 민간 외교사절단인 어린이 예술단 〈리틀엔젤스〉 단원으로 세계 40여 개국 순회 공연을 했던 노래에 재능이 있는 신은미씨는 이화대학 성악과를 졸업하고 메네소타 주립대학에서 성악 전공으로 석사 학위와 박사학위를 받은 음대 교수입니다.

2011년 어느 여름날, 인터넷을 통해 다음 여행지를 찾던 신은미씨의 남편은 북한이 남한 국적자를 제외한 모든 나라 사람들에게 관광을 개방 한다는 사실을 알게 되자 우리나라 반쪽 땅인 북한을 여행해 보자고 제의 했습니다. 북한이라면 달나라보다도 낯설게 느꼈던 신은미씨는 단번에 거절했으나 시간이 흐르면서 북한에 대한 호기심이 생겠습니다. 내키지 않은 마음에 호기심만 품고 남편을 따라나선 북한여행은 충격 그 자체였다고 말합니다. 그동안 받았던 반공교육 때문에 우리가 북한에 대해 갖고 있던 이미지는 북한동포들의 비인간성과 방송에서 보여주는 왜곡된 모습들이 전부였습니다. 이들은 슬픔도, 기쁨도, 사랑도, 인정도, 웃음도 모르는 그저 빨간 깃발 아래 총부리를 겨누며 행진하는 악당 로봇들이었고 일터에서는 서로가 서로를 감시하고 자식이 부모를 신고해 자식이 보는 앞에서 부모를 꽁꽁 묶어 잡아가는 무시무시한 곳이었습니다.

그러나 신은미씨가 경험한 북한 동포들은 정반대였답니다. 평양에서 만난 세련된 젊은 여성도, 함경북도 촌구석에서 만난 아기 엄마도 잠깐 만나고 헤어지면서도 눈물을 글썽이는 정 많고 순박한 사람들이었습니다. 지금도 신은미씨는 여행 중에 만난 따뜻한 북한 동포들에 대한 기억에 가슴이 뭉클하고, 스쳐 지나는 사이에 비친 그들의 가난에 가슴이 에이듯 슬프고 고통스럽다고 합니다. 사람들이 그에게 '북한은 어떤 나라냐'고 물으면 '아름다운 사람들이 사는 가난한 나라'라고 답합니다. 첫 북한여행 이후 신은미씨는 북한의 동포들이 눈에 밟혀 2015년 10월까지 7차례 더 방문을 했습니다. 그 사이 북한에는 수양딸도 세 명이나 생겼고 북한은 더 이상 그에게 두려움과 호기심의 대상인 무서운 나라가 아닙니다. 보고 싶은 수양딸들과 우리와 한 핏줄을 이어 받은 정 많고 순박한 사람들이 살아가고 있는 곳, 그래서 그들이 힘들고 아프면 함께 아픈, 그런 곳이 되었습니다.

2016년 9월, 신은미씨는 인터넷을 통해 북한 함경북도 혜산, 회령,

온성, 경원, 경흥 등지를 홍수가 휩쓸고 갔다는 뉴스를 듣게 되었습니다. 사상 최악의 홍수로 인해 엄청난 피해를 당하고 슬픔에 잠겨 있을 북녘의 동포들을 생각하니 그의 가슴도 무척이나 아팠습니다. 특히 경원, 경흥은 신은미씨도 가 본 곳이라 더 가슴에 와 닿았습니다. 두만강을 끼고 있는 북한 지역은 고도가 낮아 당시 여행을 하면서도 홍수 걱정을 한 적이 있었는데 불행히도 그 우려가 현실이 되고 말았습니다. 북녘의 동포들이 수해로 어려움을 겪고 있는 이 때에 경제적으로 풍요한 한국이 구호물자를 보냈으면 하는 기대도 해 보았으나 남북관계가 최악인 지금, 개인적으로라도 미국에서 모금운동을 펼쳐 쌀이라도 보내야겠다고 마음먹게 되었습니다. 물론 신은미씨가 목표로 한 쌀의 양은 수해를 입은 북녘동포들에겐 그야말로 한줌도 안 되는 양이지만 고통 받는 그들에게 남녘과 해외의 동포들, 그리고 모금에 동참한 외국인들의 따뜻한 마음과 사랑과 위로의 말을 전하는 것으로 생각합니다.

꾸준히 북녘동포들을 도와주려면 미국 시민인 신은미씨는 미국 법을 준수할 의무가 있습니다. 미국의 대북 경제제재는 주로 미 재무부에서 담당하고 있습니다. 인도주의적 구호활동을 가능케 한 예외 조항을 적용받기 위해서는 두 가지 라이센스를 취득해야 하는데 하나는 미국 밖에서 물품을 구입해 북한으로의 유입을 허락하는 라이센스이며 또 하나는 구호활동을 허락하는 라이센스입니다. 모든 서류를 갖춰 재무부에 제출했고 오랜 기다림 끝에 미국 시각으로 2016년 11월 15일, '신은미 파운데이션(Shin Eunmi Foundation)'이름으로 '북한 수재민들에게 쌀을 구입해 전달해도 좋다'는 허가증을 발급 받았고 유효

기간을 2018년 11월 30일까지입니다.

2012년 출판된 신은미씨의 저서 〈재미동포 아줌마, 북한에 가다 - 내 생애 가장 아름답고도 슬픈 여행〉은 문화체육관광부 우수문학도서로 선정되었고 2015년 출판된 〈재미동포 아줌마, 또 북한에 가다 - 내 생애 가장 아름답고도 행복한 여행〉은 제 17회 한겨레통일문학상을 수상했습니다.

#66

빈자와 병자를 돕는 가정의 이자 소설가
Dr. 연규호, Dr. 안영숙 부부

46년간 신경 내과 전문의사로 이웃들의 아픔을 돌보아온 연규호씨는 연세대학교 의과 대학을 졸업하고 뉴저지와 UC 어바인에서 신경내과를 수련한 내과 의사입니다. 남가주 가든 그로브에서 35년 동안 가정의로 환자를 돌보면서 20여권의 책을 출간한 소설가이기도 합니다.

1994년에 출간된 Dr. 연의 첫 책 〈의사 그리고 25년〉은 다음으로 시작됩니다.

"1969년 2월 여러 선배, 교수, 부모님들 앞에서 오른 손을 번쩍 들고 히포크라테스의 선언문을 엄숙히 선서하던 순간 나는 온몸에 전기가 통하는 긴장감과 경직마저 느끼며 슈바이처와 같이 만인으로부터 존경받는 의사가 되겠다고 거듭거듭 다짐하였다. 그리고 의사로서 인종, 종교, 국적, 정당, 정파 또는 사회적 지위 여하를 초월하여 오직 환자에 대한 의무를 지키며, 비록 위협을 당할지라도 인도에 어긋나지 않겠다는 서약을 자신에게 했다."

순진하고 의욕에 넘치는 24세의 청년이 히포크라테스 선서를 목청 높혀 외치며 자신에게 한 서약은 한계도 있었으며 실패도 있었고 그로 인해 남으로부터 우열을 가리는 비교도 있었지만 의사란 꼭 성공을 하여야만 하는 것이 아니고 봉사 하는 것임을 Dr. 연은 강조하십니다. 그래서 의사를 지망하는 학생들에게 "의사가 되는 것은 특권이 아니고 봉사와 의무를 강요하는 직업이며 환자를 위해서는 사적인 이익을 과감히 포기 할 수 있어야 하는 직업으로 부모의 강요나 부모의 한풀이로 돼서는 안 되며 본인의 철저한 결심으로 되어야 한다."고 충고 하십니다.

지난 35년 동안 Dr. 연은 이화대학교 의과 대학을 졸업하고 방사선과 의사인 부인 연영숙 박사와 함께 같은 사무실을 쓰면서 여러 민족을 상대로 진료를 하고 어려움을 당하는 사람들을 위해 꾸준히 치료해주고 시간과 경제적인 도움을 아끼지 않았던 분들입니다.

그동안 환자의 피를 뽑다가 바늘에 찔려 전염이 된 간염으로 고생도 하고 주일에 입원 환자 회진으로 예배시간에 늦으면 "주일에 환자 보면 얼마나 돈을 버는가?"하며 일요일에 일하는 것은 죄라고 다그치는 목사님의 힐난을 받기도 했습니다. 종종 환자들로부터 가짜 진단서를 써달라는 요구를 받을 때마다 진단서는 의사의 권위와 신념이요, 진찰하지 않고 진단서를 작성하는 것은 법으로 금지되어 있다는 '백지 진단서의 글을 보이면서 애원조로 양심을 지켜오셨답니다.

이렇게 의사로서의 본분을 지키면서 20여권의 책을 출간한 작가, Dr. 연을 주의 깊게 보신 미주 한국 문인 협회 전 회장 정용진 시인은 "소설가 연규호는 대단한 인내력과 궁리가 풍성한 작가다."라고 말씀하십니다. 그리고 홍승주 문예비평가는 "연규호 소설가는 천성으로 태어난 이야기꾼으로 그 기발한 발상과 능숙한 이야기 솜씨에 혀를 내두르게 된다. 그의 손을 거치면 아무 것도 아닌 아주 미세한 조그마한 일들이 태초부터 약정된 소설적 구조와 체질에 접목된 이야기라는 쇠코뚜레에 잡혀 동여매어 요동치거나 응축되어 심오한 파란을 일으키며 의표를 찌르는 반전으로 변한다."고 평하십니다. 서민과 빈자에게 인술을 베푸는 박애 정신을 추구하는 현장의 의사이며, 쟁쟁한 현역 만년 작가 연규호는 풍부한 의학 지식과 냉철한 임상 경험을 바탕으로 묘사에 화려하면서도 리얼한 대 로망의 세계와 냉정하고 명석한 사랑과 자유, 그리고 평화를 추구하는 휴머니즘의 작품세계를 보여준다고 평합니다.

2015년, 46년의 현역에서 물러난 연규호 박사와 연영숙 박사는 의료 선교와 봉사활동을 계속하실 것을 다짐하며 앞으로 출간될 〈의사 46년, 은퇴를 기념하며〉 책 출판을 준비하고 계십니다.

ytn 라디오 방송 12/14/2015

#67

멕시코 무의촌에 설립한
바하 힐링미션 활동가 Dr. 최청원

바하 힐링미션 설립자로 〈샌 퀸틴 해변의 징검다리〉 산문집을 펴낸 Dr. 최청원씨는 연세대학 의대를 졸업하고 공군 군의관을 거쳐 뉴저지에서 인턴쉽과 내과 레지던트 그리고 미시간 웨인 스테이트 대학에서 흉곽내과 펠로우십을 마친 내과 개업 의사입니다. 이분은 해변 문학제, 윤동주의 밤 등 한국 문인들의 모임에서 분위기를 확 잡아주는 DJ로 잘 알려졌습니다.

Dr. 최가 바하 힐링미션을 시작하게 된 것은 낚시를 갔다가 우연히 환자를 치료해 주었던 것이 인연이 된 것과 노동으로 연명하던 멕시코 샌 퀸틴 농장 농부들이 몇 주간의 파업으로 일당 8 불씩 받던 것이 12 불로 인상되었다는 LA Times에 실린 고발기사를 본 후입니다.

이분의 미션은 1998년부터 시작되었습니다. 두 달에 한 번씩 멕시코 바하 캘리포니아의 샌 퀸틴 인근의 농장지대를 찾아 4박5일 동안 묵으면서 집도 없이 떠도는 노동자들과 원주민 가족들을 진료해 주었습니다. 어린이들에게는 선교영화도 보여주고 또 한인 후원자들의 기금으로 마련한 라면, 수백켤레의 신발, 그리고 수백 벌의 옷을 나눠주고 머리도 깎아주며 이들에게 삶에 희망을 불어 넣어 주었습니다.

가는 데 꼬박 10시간, 돌아오는데 14시간이나 걸리는 장거리 여행과 무거운 장비를 들고 내리는 일이 힘들고 외로울 때마다 Dr. 최는 두 스승님을 생각했답니다. 미국에서 후견인 역할을 해준 직장 보스 겸 의무 담당과장인 Dr. 더히티는 "내가 너에게 베푼 그간의 호의를 나에게 되돌려 주지 말고 어려움에 처한 사람을 도우라."하셨고 한국 의과대학 은사이자 많은 사랑을 받은 이모부 우태하 박사님은 "네가 옳다고 생각하면 나중 결과의 성패에 연연하지 말고 행동하라. 주위의 경솔한 비판과 눈총에 마음 두지 말고 정직하고 당당히 나아가라." 고 충고 하셨습니다. 이 두 은사의 말씀이 먼 길 떠나는 Dr.최의 자동차의 연료가 되었고 나침판이 되었답니다.

이 일에 체력적으로 한계를 느끼고 더 이상 무리라는 생각이 들었을 때 Dr. 최는 16년간의 봉사를 마치고 아무런 조건 없이 그동안의 노하우가 고스란히 배어 있는 트럭과 멕시코 현지에 있는 진료시설이 설치된 트레일러, 캠퍼 트레일러 2대, 현지 어린이들에게 영화를 보여주던 영사기, 조명, 음향장비, 발전기, 취사도구 등 수백여점에 이르는 장비 일체와 갈 때마다 유급으로 고용한 현지인 3명을 유지 할 수 있도록 1만 1,000 달러의 기금 모두를 AMC 작은 교회에 전달했습니다. 20여 년 간 고생 하면서 이런 일을 할 수 있었던 원동력은 인간애에 앞서 샌 퀸틴 해변의 찬란하게 빛나던 별빛과 광활한 바다에 대한 그리움이었다고 말하는 Dr. 최는 바하 힐링미션을 통해 얻은 것이 훨씬 많답니다. 우선 그곳 사람들이 좋은 방향으로 변화하는 모습을 보는 큰 기쁨을 맛보았고 남에게 베푸는 것도 지혜가 필요함을 깨달았답니다. 그리고 갈 때마다 1권씩 읽은 시집 덕에 문학에 더 가까워진 것이 개인적으로 얻은 큰 소득이랍니다.

최근 선한 사마리아 의사의 꾸밈없고 진솔한 이야기를 엮은 〈샌퀸틴 해변의 징검다리〉 산문집을 출판한 Dr. 최는 문학을 은퇴 플랜으로 생각했습니다. 시를 제대로 공부해서 좋은 시를 쓰고, 낚시도 다니고, 부인과 함께 여행도 다니시겠답니다.

ytn 라디오 방송 11/23/2015

#68

유방암 조기 검진 교육에 헌신 해 온

Dr. 배계자

Fountain Valley Medical Center에서 가정 주치의로 개업을 하고 있으면서 유방암 조기 검진을 위해 헌신해온 Dr. 배계자는 이화대학교 의과 대학을 졸업하고 미국에 와서 병리학으로 인턴과 레지던트 훈련을 받았습니다. 또 하바드 의과대학에서 암 전문 내과 수련 과정도 마치고 1985년 남가주로 이사 온 후부터 30 년간 Fountain Valley Medical Center의 가정주치의로 일하면서 저 소득층 여성들을 위한 유방암 조기 검진 교육에 앞장섰습니다.

이분이 먼저 한일은 American Cancer Socity에서 쓰고 있는 50여 개의 영어 암 정보 책자를 한국말로 번역하는 일을 주도했습니다. 암 환자들을 위한 한국어 Help Line을 설치했고 강의와 정보를 교환하며 암 환자들을 위한 support 모임을 가졌습니다. 2005년부터 YWCA Orange County와 연계하여 매년 1400여 명의 한국 여성들을 조기 진단 프로그램에 참여시켰고 연 평균 10여 명의 유방암 환자를 발견하고 이들이 치료를 받을 수 있도록 도와왔습니다.

Dr. 배가 이 엄청난 일에 뛰어 들게 된 것은 18년 전, 자신이 유방암 진단을 받고 하늘과 땅이 무너지는 충격에 빠졌으나 초기에 발견된 암이라 완치가 된 경험이 있기 때문입니다. Dr. 배는 완치가 된 것을 알면서도 3년 동안 좌절과 두려움과 외로움과 우울증에 시달리면서 자신이 가정의가 되고 암 전문 수련을 받게 된 것이 하나님의 뜻으로 깨닫게 되었고 이에 사명감을 가지고 일하게 되었다고 고백합니다.

그때부터 YWCA North Orange County의 이사로 일하면서 유방암 조기 발견 프로그램에 적극적으로 참여 했습니다. YWCA 유방암 조기 발견 프로그램은 40세 이상 무보험 여성이면 누구나 참여할 수 있고 저 소득층, 무보험자들이 암 진단을 받게 될 경우 본인의 부담 없이 수술과 치료를 받을 수 있도록 길을 마련해줍니다.

Dr. 배는 "유방암의 예방은 할 수 없으나 조기에 발견만 하면 거의 100% 생존 할 수 있다."는 확신을 전하며 오렌지카운티 무보험 여성, 특히 한인들의 유방암 조기 검진과 유방암 퇴치운동에 앞장섰습니다.

이렇게 여성들의 삶을 개선시키는 데 헌신한 이유로 Dr. 배는 2004년 YWCA Orange County 로부터 'Woman of the Year' 상을 수상

했습니다. 또 2005년 유방암 진단 및 치료로 세계적인 명성을 갖고 있는 Susan G, Komen Breast Cancer Foundation으로부터 암을 극복하고 암 예방과 암 환자를 위해 활동하며 강한 영향력을 발휘한 사람에게 주는 'Most Inspirational Breast Cancer Survivor' 상을 받았습니다.

유방암 환자들은 치료를 받는 기간 동안 또는 병이 나았다 해도 재발하면 어쩌나 하는 불확실성에 대한 두려움과 만성적인 피곤함 등으로 우울증이 심한 경우가 많습니다. 이를 위해 Dr. 배는 정기적으로 만나는 그룹 테라피와 서포트 그룹을 조직하여 이들로 하여금 '나도 그런데" 라는 공감을 느끼게 하여 한층 큰 힐링 효과를 볼 수 있도록 했습니다. 또 희망은 혼자서 갖기 힘들지만 여럿이 함께 있을 때 굳건히 자리 잡을 수 있음을 강조했습니다. 그리고 환자들에게 아프면 '아프다', 힘들면 '힘들다'고 터놓고 남편과 자녀를 포함한 가족, 친구에게 말하는 것이 혼자 우울증에 시달리지 않고 정신이나 육체를 덜 힘들게 한다는 것을 Dr. 배는 누차 강조합니다.

ytn 라디오 방송 05/18/2015

#69

가정 폭력 피해 여성들을 위한 '푸른 초장의 집'의 황춘자 이사장

가정폭력과 학대로 위험에 처한 여성들과 그 자녀들을 보호하는 쉘터 '푸른 초장의 집'의 황춘자 이사장님은 이화여자대학 약학과를 졸업한 후 한국에서 약사로 일했습니다. 남편의 사업 실패로 모든 것을 잃게 되자 두 분은 약사 취업 이민을 결정하고 1975년 정월 초닷새 두 딸들과 함께 미국에 왔습니다. 그러나 약사 면허를 위한 공부보다는 가정을 꾸려 나가는 것이 급선무라 그때부터 은행의 텔러로, 에퀴터블(지금의 AXA Advisors) 생명 보험 회사에서 보험 대리인으로 최선을 다해 일했습니다.

몇 년 후 좋은 집과 차도 마련하고 두 딸들도 잘 자랐고 '이만하면!' 하는 자만심도 생기었지만 한편으로는 '이것이 전부인가? 어떻게 사는 것이 옳은 삶인가?'를 스스로 질문 하며 고민 하게 되었답니다. 1996년 12월, 교회 영성 수련회에서 황춘자씨는 자신의 질문에 답을 찾는 큰 변화를 느끼게 되었고, 여학교 후배이자 가정 주치의로 '푸른 초장의 집'을 세운 여명미 박사가 하는 일에 동참하면서 필요한 이들을 돕는 일에 혼신을 다하기로 서원했습니다.

'푸른 초장의 집'은 1993년 7월에 기독교 비영리단체로 가정폭력과 학대로 인하여 육체적, 정신적으로 지쳐있는 여성들과 12세 이하의 자녀들을 긴박한 위험상황에서 안전하게 보호하는 여성보호소입니다. 이곳은 단순히 이들에게 의식주를 제공하고 보호하는 것뿐만 아니라 가족의 체면 때문에 인간의 기본적인 자유와 권리가 짓밟혀도 참고 견디어 온 피해자들에게 잃어버린 삶의 목적을 되찾도록 자긍심을 심어주고, 마음의 평정을 찾도록 하는 일을 우선적으로 하고 있습니다.

Shelter에는 피해자들이 3개월 동안 머물 수 있습니다. 이 동안 피해자들에게 폭력이 무엇인가를 가르치는 가정폭력인식교육(Domestic Violence Awareness)과 폭력가정에서 자라는 아이들의 문제점 등을 구체적으로 교육시킴으로 피해자들이 무조건 참고 자신의 부족으로 생각했던 점들을 바로 깨닫도록 돕고 있습니다.

그리고 분노 조절, 스트레스 조절, 돈 관리, 시간 관리 등을 가르치며 자녀들과 좋은 관계를 가지면서 효과적으로 훈육시키는 자녀교육에 대한 구체적인 방법들을 단계적으로 가르칩니다. 법적인 도움이 필요한 분들에게는 이에 맞는 전문가를 소개하고 사회 복지 혜택인 CalWorks,

Medical, Food Stamps 등을 받을 수 있도록 돕습니다. 아직도 Homeless 여성의 반 이상이 가정 폭행을 피해 거리로 뛰쳐나온 사람들이라는 통계가 말해주듯이 캘리포니아에서만도 하루에 10명 이상의 여성들이 배우자에 의해서 살해를 당하거나 병원 응급실로 실려와 치료를 받고 있는 실정입니다. 미주 동포사회도 예외는 아니어서 가정 폭력의 수치가 날로 늘어 가고 있습니다. 이 Shelter의 최대한 체류기간은 90일입니다. 그래서 '푸른 초장의 집'은 쉘터를 떠나 갈 곳이 없는 이들을 위해 15년 전부터 제 2의 셀터(2nd step housing)를 위한 모금을 하고 있습니다.

18년 동안 봉사 하시는 황춘자 이사장님은 '푸른 초장의 집'이 생긴 이후 22년 동안 봉사해주신 엄영아 원장님, 이덕혜 이사와 이사장, 맨 처음 셀터를 마련에 기초를 놓아주신 Dr. 여명미와 또 계속해서 도와주시는 봉사자 여러 분들과 이사님들에게 특별한 감사를 드립니다.

2003년 갑자기 하늘나라로 가신 남편으로 인해 상처 받은 이들을 더 많이 이해하고 더 사랑하게 되었고 자신이 사랑을 많이 준 만큼 자신의 삶이 더욱 풍성 해지고 기쁨과 감사가 넘치는 경험을 했다고 고백하시는 황춘자 씨는 '푸른 초장의 집' 이외의 도움이 필요한 여러 단체와 장학재단을 돕고 있습니다. 이런 불우한 사람들을 도운 공로로 2014년 오바마 대통령으로부터 'President's Volunteer Service Award' 상과 'Certificate of recognition California Legislature Assembly'를 받으셨습니다.

황춘자씨는 예능에도 특출한 분으로 지난 10년간 찍어온 아름다운 자연 풍경 사진과 함께 틈틈이 써 온 영혼의 시 44편이 실린 시화집 〈파피꽃들의 왈츠〉를 최근 출간했습니다.

ytn 라디오 방송 07/20/2015

#70

대화와 소통의 전문가,
ABC 상담대화 교육원의 고명희 원장

ABC(A Beautiful Communication) 상담대화 교육원의 고명희 원장님은 1980년 미국에 오셨습니다. 1999년부터 2002년까지 미국 Evangelia University 신학과를 졸업하고 기독교 교육과 대학원을 졸업했습니다. 그리고 2006년 한국 고신대학교 기독교 교육과 박사과정을 수료했습니다.

저서로는 〈이런 대회가 삶을 바꾼다〉, 〈인간관계 대화론 (상담과정 교재)〉, 〈민주적 부모 역할의 실제 적요(부모교실 교재)〉, 〈Healthy LIfe, Education and Training Program Work Book〉 등이 있고 2009년부터 여천기 정신과 의사 와 여명미 가정의와 함께 ABC 상담

대화 교육원에서 대화와 소통의 전문가로 일하십니다.

ABC 상담대화 교육원은 다음의 설립의 목적을 가진 교육기관입니다. 관계를 좋게 유지하는 길, 관계 속에서 일어나는 불화를 미리 방지하기위해, 관계 속에서 이미 진행된 갈등과 상처를 치유하기 위해, 올바른 대화 문화 및 대화 방법을 정착시키기 위해, 자녀 세대나 차세대에 대한 전수하고 싶은 삶과 지식과 방법의 조화 및 통합을 배우고 익히는데 목적을 두고 있습니다. ABC 상담대화 교육원의 교육 프로그램은 일반 대화 교육의 일환으로 부모교육과 부부교육에 중점을 두고 효율적인 의사소통을 위해 분노 조절, 긍정적인 사고 찾기, 또 옥토 마음 밭 교육, 그리고 효과적인 대화를 할 수 있도록 9가지 대화의 기본과 7가지 대화할 때 피해야 할 태도 그리고 13가지 효율적인 의사소통의 기본적인 요소를 가르칩니다. 이것을 기반으로 자녀와 가족과 관계된 분들이 서로 공감대를 이루게 하여 화목해지고 요즘 어디에서나 떠들썩한 자녀들의 문제, 많은 자살률, 더 흔해 지는 치매, 또 만연된 스트레스, 정신적 문제로 인한 육체적인 질병을 피해갈수 있는 길을 모색하게 합니다.

교육원의 중요 프로그램은 대화 교육을 넓히기 위해 대화 강사 교육도 병행하고 있고 특정한 수강자들에게 대화 강사가 되도록 훈련을 시킵니다. 또 매달 대화 강사들이 모여 현장에서 한 일과 애로 사항에 대해 토론하고 좀 더 효과적인 교육의 방법을 연구합니다. 소정의 교육비로 개인 상담과 개인 교육 프로그램을 받을 수 있습니다.

대화와 소통의 전문가이신 고명희 원장님은 '말은 많은데 대화는 없다'는 말이 있는데 실제로 우리 가정, 직장, 학교, 교회 등에서 대화 부재와 대화의 비 효능으로 인한 부작용을 지적하십니다. 대화는 인격과 인격이 상호 교류하는 가운데 한사람이 본래대로의 자신을 상대방에게 알리고 또 본래대로의 상대방의 모습을 알려는 기능입니다. 서로 표현하고 반응하며 정보를 교환하는 일이 그리 어려울 것 같지 않지만 실제적으로 소통이 되지 않아 인간관계에서 불화를 일으키고 자학, 학대, 자살, 타살, 방화, 전쟁, 테러로 치닫고 있기 때문에 절대적으로 상담 대화 교육이 필요함을 재차 강조하십니다.

ytn 라디오 방송 05/04/2015

#71

OC 한미가정상담소의 프로그램 디렉터, Rev.&Dr. Jeannie Choi 강정애

마취과 전문의이고 감리교 목사님인 OC 한미가정상담소의 프로그램 디렉터 Dr. Choi(강정애)는 1950년 12월 22일 흥남 해상철수 시, 부모님 손에 이끌려 메러디스 빅토리(SS Meredith Victory)호를 타고 남하한 분입니다.

흥남 철수 작전은 압록강을 건너온 중공군과 북한군에 의해 많은 참전군인이 사망하자 미 군사령부가 200여척의 배에 약 10만 명의 흥남 지역주민과 북에서 밀려온 피난민을 거제 지역으로 피난시킨 극적 사건입니다

강정애씨는 이화대학교 의과 대학을 졸업하고 1967년에 도미하여

35년간 마취과 의사로 활동했습니다. 또 신학교를 졸업하고 미국 감리교 목사님으로 병원에서 10여 년간 원목도 했고 2008년에 캘리포니아로 이사하여 OC 한미가정상담소의 프로그램 디렉터로 일하고 있습니다.

한미가정상담소는 1990년부터 남가주 일대에 교포인구가 급격히 증가하면서 늘어나는 이민 가정 문제와 주류 사회에 적응을 돕고자 뜻있는 자원 봉사자들이 시작 했습니다.

"번민하는 이웃과 함께"라는 슬로건을 걸고 개인과 가정에서 일어나는 각종 문제를 다루며 전문가가 직접 상담함으로써 의뢰인의 문제 핵심을 바로 판단하여 올바른 결정을 할 수 있도록 돕고 있는 비영리 단체입니다.

한미가정상담소의 활동 내용은 다양하지만 청소년들을 위한 개발프로그램(Community Hope Network)이 특별합니다. 이 프로그램은 편모가정 또는 가정 폭력이 심하거나 부모가 마약에 빠져 헤어나지 못하는 가정, 경제적으로 어려운 가정의 청소년들을 상담하고 가르치고 이들에게 필요한 정보를 제공하여 그들이 희망을 가지고 새로운 앞길을 개척할 수 있도록 돕고 있습니다. 그리고 17살 까지 고등학교를 졸업하지 못한 학생들을 위한 대안 학교도 있습니다.

대안 학교, Hope Community School (HCS)는 정규 고등학교 과정을 위해 건립된 교육기관입니다. 2년간 개개인의 성향, 능력, 환경에 맞추어 그들의 독특함과 가능성을 찾을 수 있도록 개별화된 교육을 시키고 검정고시에 합격하면 커뮤니티 대학을 갈 수 있도록 돕고 있습니다. 성인학생일 경우 직업과 사회생활에 필요한 커리큘럼 제공으로 배움과 삶이 연결되도록 교육합니다. 이 프로그램을 시작한지가 이미 9년이 되었고 2014년까지 115명의 졸업생을 냈습니다.

그 이외에도 치매환자들과 치매가족을 위한 서포트 그룹이 있습니다. 또 우울증으로 고생하는 많은 내담자를 모시고 단계별로 그룹 테러피도 진행 하고 있습니다. 부부갈등, 부모와 자녀간의 갈등, 자녀탈선 및 마약과 도박, 재정적인 원인으로 인한 가정 문제 또 법정 명령에 대한 상담도 하고 있습니다. 현재 방문상담과 전화상담, 그리고 온라인상담을 실시하고 있으며 교민들을 위한 사랑방 문화교실, 미술교실, 글 샘터, 사진교실, 컴퓨터교실 등도 있습니다.

65년 전 8살 때 거제도에 내려 통깨와 소금 무친 주먹밥 한 덩이로 남한 생활을 시작한 강정애씨는 지금까지도 흥남철수 시, 배를 타지 못하고 헤어진 사람들을 잊지 못하며 지금도 자유와 생명과 희망을 찾기 위해 탈북 하는 이들에게 의사로서, 목사로서 또 상담원의 프로그램 디렉터로 인도주의적인 사랑과 도움을 줄 수 있는 길을 고민하며 평화스러운 통일이 속히 오기를 기다리고 있습니다.

ytn 라디오 방송 05/11/2015

#72

아태 상담치료센터의 Director,
서정숙 박사

아태 상담치료센터는 1977년 아태국가(亞太國家) 즉 캄보디아, 중국, 일본, 한국, 라오스, 필리핀, 태국, 베트남 사람들의 이민자와 피난민들이 늘어가면서 이들의 정신 건강을 위해 제일 처음으로 LA 카운티에 세운 정신건강 센터입니다. 1990년부터는 카운티와 정부의 지원 계약을 맺고 특별 그룹을 지원하는 회사 SSG(Special Service for Groups Inc.)의 후원으로 독립적인 민영화 기관으로 크게 확장 발전되었습니다.

정신 치료란 의사, 상담가 등 훈련받은 치료자가 심리적 또는 감정적 장애가 있는 환자의 증상을 변화 또는 소멸시키며 인격의 성장을 촉진시킬 목적으로 행하는 치료기술입니다. 약물을 보조적으로 사용할 수 있으나 치료효과는 주로 환자와 치료자 사이의 말과 행동에 의해 나타납니다. 이런 치료효과를 얻기 위해서는 치료자와 환자가 서로 신뢰하고 감정을 나눌 수 있는 관계가 이루어지는 것이 제일 중요합니다.

아태 상담 치료 센터의 디렉터인 서정숙 박사는 서울에서 태어났습니다. 1968년 서울대학교 의과대학에 재학 중, 해부학을 견디지 못해 미국에 유학 와서 심리학을 전공했습니다. Kansas 주립 대학교에서 심리학 학사, 석사와 박사를 했고 Vanderbilt 대학에서 post doctor로 심리치료학을 집중적으로 연구했습니다. 그 이후 어머니가 계신 남가주로 와서 아태 상담소 APCTC(Asian Pacific Counseling Treatment Center)의 Director 가 되었습니다.

서정숙 박사가 관활 하는 이곳의 직원은 전문 지식을 구비하고 여러 면으로 훈련이 잘된 정신과 의사, 심리학자, 사회사업가, 결혼 상담가, 간호사, 재활 치료사 등 100명이 넘는 전문인들로 구성 되어 있습니다. 이들 대부분은 스페인 말을 쓰는 라틴 아메리카나 아시아인으로 미국 문화를 잘 알면서 이중 언어를 구사 하는 분들이어서 이곳을 찾는 2000여명의 환자들과 치료사와의 처음 만남부터 언어와 문화의 장벽 없이 소통이 가능하여 그들의 정신적인 문제와 고민이 많이 완화됩니다. 이곳 직원들은 환자를 존중하고 품위를 지키며 그들의 비밀을 지켜줍니다.

현시대에 정신치료가 필요한 사람은 감정이 원인이 되어 행동장애가 있는 아동과 성인, 일상적 난관이나 인생위기에 대한 감정반응이 다른 사람, 입원이 필요한 정도의 심한 사고와 행동장애가 있는 정신병, 감정의 긴장으로 인해 신체증상을 동반한 신경증, 중독증이 있을 때 감정적 요인으로 인해 신체장애가 유발되거나 악화되는 정신장애와 스트레스 등 모두가 정신치료의 대상으로 보고 있습니다. 또한 정신치료에서는 무능력하거나 만성 질환을 앓는 사람들을 위한 사회복귀 프로그램도 중요합니다. 이곳에서의 치료비는 개인이 가진 건강 보험이나 Medi-CAL/Medi-Care 환자를 받고 보험이 없는 분들은 아태센터의 여러 가지 프로그램에 해당되면 무료 치료를 받을 수 있습니다. 처방된 약은 센터를 처음 방문했을 때 의사가 발급한 medication card로 카운티와 계약된 약국에서 받을 수 있습니다.

ytn 라디오 방송 12/29/2014

#73

코리안 복지센터 디렉터
엘렌 안(Ellen Ahn)

코리안 복지센터는 캘리포니아 남부로 이주해 오는 한인 이민자들에게 사회복지 서비스와 지역사회 아웃리치 목적으로 1975년에 성 니코라스(성공회)교회에서 안마태 성공회 신부님이 시작 했습니다. 1977년에 비영리 기관으로 등록 되었고 이후 40여 년간 한인 주민들을 위한 행동건강, 공중보건, 사회복지 서비스 등 폭넓은 종합 서비스 기관으로 성장하고 있습니다. 한인사회에 도움이 되는 문화적, 전문적 서비스를 제공 할 뿐 아니라 건강한 개인과 건강한 지역 사회를 위한 치료와 예방을 병행하고 있습니다.

코리안 복지센터의 디렉터인 엘렌 안은 아기 때 미국에 왔습니다. Yale 대학에서 역사를 전공하고 Georgetown University 법대를 졸업했고 the University of Southern California에서 사회복지로 석사학위를 했습니다. 1997년부터 일 년에 삼백만 불 예산으로 70명의 유급 직원과 5~10명의 봉사직원으로 운영되고 있는 복지센터는 효과적으로 일을 하기 위해 공중 보건부, 랩어라운드 서비스, 아동과 청소년 서비스와 부모 교육과 서포트 그룹 부서로 나누고 직원들이 할당된 책임을 충실히 하고 있습니다.

코리안 복지센터의 공중 보건부에서는 매주 경험과 자격을 갖춘 직원이 Medi-Cal, Medi-Care, Healthy Families, MSI, SSI, SSA, 주택보조, 재정, 등 사회 복지 관련 프로그램의 자격 여부, 신청 방법에 대한 상담 및 기관에 대한 정보 안내를 드립니다. 저소득층과 보험이 없는 성인들을 위하여 가족 소득을 기준으로 비용을 차등 지불하게 하면서 주요 건강관리 프로그램을 제공하고 진단 및 만성적인 질병 치료, 각 기관에 프로그램 의뢰, 전문의 의뢰, 검진, 소변 및 피검사 등 주요 건강관리 프로그램을 합니다.

코리안 복지 센터는 질병 예방 프로그램과 더불어 금연 프로그램, 알코올과 마약 예방 활동들을 하고 필요에 따라 간염 및 당뇨 교육이 제공되고 외부 기관과 연계하여 유방암 검사 서비스 등 환자가 신체 건강에 필요한 도움을 적절하게 받을 수 있도록 포괄적인 사례 관리 서비스를 제공합니다.

코리안 복지 센터의 랩어라운드 서비스(Wraparound Services)는 주민 발의안 63조에 의하여 오렌지카운티 정신건강 국에서 지원되는 풀 서비스 파트너십(FSP-Full Service Partnership) 프로그램입니다.

이 프로그램은 정신 건강 문제로 고생하는 어린이나 청소년 그리고 그 가족들에게 필요한 부분들을 찾아 도움을 주는 대상자 중심의 맞춤형 서비스입니다. 커뮤니티를 기반으로 한 정신 건강 서비스, 커뮤니티 정보 제공 및 이용 안내, 청소년과 부모 멘토링, 취업이나 교육, 교통편에 대한 지원과 주택 문제, 복지 혜택이나 음주 마약 문제 등 다양한 문제들에 대해 서비스를 제공하고 있습니다.

코리안 복지 센터의 아동과 청소년 서비스는 청소년 자원 봉사 그룹이 주체가 되어 자원 봉사 활동을 통해 자신의 정체성을 발견하고 타인과 지역 사회를 이해하고 돕도록 하는데 목적을 두고 있습니다. 그리고 지역 사회의 한인 가정을 위해 정기적으로 부모 교육과 서포트그룹이 진행되고 있습니다. 발달장애가 있는 자녀를 둔 한인가정을 돕고 적절한 서비스를 받을 수 있도록 돕습니다. 저 소득층 노인 아파트 서류작성을 도와드리고 아태 법률 센터와 협력하여 매달 한 번씩 한인 이민자들을 위해 이민 법률 상담을 제공하고 있습니다. 그리고 시민권 신청 워크샵을 합니다.

#74

여성들의 봉사, 사회활동과 교양증진을 지원 하는 한미 여성회의 부회장 신영이

한미 여성회는 기독교 정신을 바탕으로 여성들의 지도력과 권익 성장, 지역사회 발전을 위해 봉사하는 비영리 단체입니다. 2004년 3월 설립 이후 가정 폭력, 소비자를 위한 법률 상담 등 이민생활에서 부딪히는 여러 가지 문제점들을 함께 고민하는 상담활동을 하고 있습니다. 1988년부터 LA 할리웃 장로병원, 굿 사마리탄 병원에서 태어난 저소득층 아기들을 위해 아기 옷 만들기를 계속 해오고 있으며 장애인을 위한 봉사, 무료 영정사진, 장한 아버지 시상 등 이웃과 따뜻한 마음을 나누는 봉사활동을 이어가고 있습니다.

지역사회뿐 아니라 2005년 뉴올리언스 카트리나 재해, 2010년 아이티 지진, 2011년 일본 대지진 등 전 세계에서 큰 재해로 수많은 사람들이 어려움을 겪을 때 적십자사와 월드비전 등 구호 단체와 함께 구호금 지원, 진료봉사, 약품 등을 지원해 왔습니다. 2011년부터는 메디케어, 메디켈 등 소셜 시큐리티 혜택 상담, 시민권 신청 대행 등의 서비스를 시작했습니다.

한미 여성회는 봉사 활동 뿐 만아니라 여성들을 위한 교양 세미나와 워크샵을 열어 여성들의 사회활동과 교양증진을 지원하고 있습니다. 꽃꽂이, 퀼트, 비누 등 문화 클래스를 통해 저렴한 비용으로 취미 활동을 할 수 있도록 지원합니다.

한미 여성회에서 '나누는 삶' 기도모임을 이끄는 신영이씨는 연세대학교를 졸업하고 서울에서 12년 동안 대학입시를 앞둔 고 3 학생들에게 영어, 수학, 화학을 가르치는 과외 선생님이었습니다. 그리고 지역 주민을 위한 구국여성 봉사단, 새마을 회장 등을 역임했습니다.

1982년 사우디아라비아에 과학 기술 연구소 건립을 위해 한국정부 파견으로 한국 과학기술원의 컴퓨터 프로그래머로 계시던 남편 신수웅씨가 Project Leader로 사우디아라비아에 가게 되었습니다. 그곳에서 5년간 사는 동안 신영희씨는 지역 초등학교 교장 선생님의 부탁으로 어린이들에게 피아노를 치며 노래를 가르치고 또 영어와 무용을 가르쳤습니다. 이것이 계기가 되어 신영이씨 내외분은 10년 전부터 일 년에 한 두 번씩 아프가니스탄, 캄보디아, 베트남, 네팔, 인도네시아 등의 선교지를 찾아 그들에게 컴퓨터를 가르치고 상담을 하고 건강관리를 가르치며 필요한 것을 도와주고 있습니다.

1987년 9월, 신영희씨 가족은 자녀들의 교육을 위해 미국에 왔습니다. 늘 사회봉사에 관심이 있던 신영희씨는 먼저 한미 여성회의 전신인 YWCA의 문을 두드렸습니다. 그곳에서 자원 봉사자를 위한 상담 교육을 받고 전문 상담자 자격증을 받았습니다. 1993년부터 그곳에서 상담을 시작했고 3년 전부터는 서로 격려하고, 위로하며, 나눔의 진정한 기쁨을 누리기 위한 〈나누는 삶〉기도 모임을 인도하고 있습니다.

한미 여성회는 LA에 위치한 자체 건물에서 KAWA 합창단의 송종현 선생님을 모시고 합창을 하고 C-MAY 회랑의 메이 정 관장으로부터 미술사를 공부하는 등 다양한 프로그램이 진행되고 있습니다. 에스터 김 회장, 이영신 회장, 또 최인애 이사를 위시한 각 프로그램 인도자들과 또 임원들 모두가 담당한 일을 열심히 하고 작은 텃밭에서 나는 상추와 사랑을 나누는 여성들의 아름다운 공동체입니다.

ytn 라디오 방송 12/22/2014

#75

정신과 의사 Dr. Susan 정의 인생 이야기

다음은 정신과 의사인 Dr. Susan 정이 이제까지 살아온 길을 되돌아보며 들려주는 이야기입니다.

"저는 아메리카의 한국인으로 인생에서 '만남'을 중히 여깁니다. 27세의 젊은 나이에 만난 '아메리카'는 혈연으로 맺어진 부모님과 형제자매 다음으로 중요한 인생의 동반자가 되었기에 그 만남의 이야기를 하겠습니다.

저는 할아버지를 만나 본적이 없습니다. 외할아버지는 어머니의 출생 이전에 돌아 가셨고 친할아버지는 아버지의 청년 시절에 돌아가셨습니다. 그런데 숙명여고 재학 시절 많은 사랑을 주신 할아버지 한 분이 더 계십니다. 별명이 '호랑이'인 닥터 스코필드, 수의사 겸 선교사로 한국에 오신 '석호필' 박사입니다. 이분은 기미독립운동을 도와 세계에 한국을 알렸고 해방 후 다시 한국에 오셔서 한국학생들에게 올바르게 사는 길을 가르치며 여생을 지내셨습니다. 할아버지는 저에게 의사가 되라 하셨습니다.

연세대학교 의과 대학에서 4년간 도서실을 지키며 만난 '찬'은 존경할만한 남자의 상이 어떤 것인지를 보여주었고 우리는 행복한 결혼을 했습니다. 원주 기독 병원에서 내과 수련을 받는 동안 강원도 일대 왕진을 하면서 당시 간질(epilepsy)을 귀신 들린 병이라고 쉬쉬하며 병원대신에 무당을 찾아가는 환자와 가족들에게 미소를 지으며, 일 년분 간질 약을 남겨놓고 떠나는 파란 눈의 신경내과 의사의 눈빛을 보면서 의사의 사랑은 적극적으로 환자에게 먼저 다가가야 함을 배웠습니다. 1973년도에 뉴욕시의 알버트 아인스타인 의과 대학에서 시작된 나의 정신과 수련은 4살짜리 자폐아를 치료하면서 소아 및 청소년 정신과 전문의를 택하게 되었습니다. 남편은 마취과 전문의가 되어 우리 부부는 미 육군 군의관으로 한국에 나가서 일을 하게 되었습니다. 저에게는 금의환향이었지만 집에서 수천마일 떨어져있는 외로움에 적응을 힘들어 하는 18세부터 20살 사이의 젊은 미국 병사들을 치료하며 나는 무척 힘들고 바쁘게 지냈습니다.

한국에서 임신된 세째를 몸 안에 간직하고 두 딸과 함께 한국을 떠나 다음 근무지인 시애틀 근처의 Ft. Lewis 로 옮기게 되었고 우리는 소령으로 진급했습니다. 아이들의 미래를 위해서 군의관 제대를 하고 제 2의 서울처럼 느껴지는 LA로 보금자리를 옮겼습니다. 세 아이는 열심히 자신의 길들을 가고 저는 카이저병원에서 소아 및 청소년 정신과 의사로 32년째 일하면서 많은 소중한 만남들을 경험하고 있습니다.

저와 남편이 49세 되던 여름에 24년간 사랑과 아픔을 나누며 살았던 '찬'을 먼저 하늘나라로 보냈습니다. 그 괴로움을 이기기 위해 클레어몬트 신학대학원에서 죽음과 삶을 이해해보려 애쓰기도 하였고, 나보다 더욱 불행한 사람을 돕는 것이 가장 나에게 위로가 되는 것도 알게 되었습니다.

편부모로서 아빠 몫까지 하며 세 아이를 기르면서 나는 4권의 책 〈아메리카를 훔친 여자〉, 〈튀는 아이, 열린 엄마〉,〈문제아는 없다〉, 〈아이야, 네가 있어서 행복해〉 등의 책을 출간했고 한국에 있는 문인 의사 그룹인 '우리네'들과 함께 5권의 책을 출판하였습니다. 그리고 7년 전에 '찬'보다 6년, 나보다는 7년 선배인 세브란스 출신의 외과 의사와 재혼하였습니다.

저는 스코필드 할아버지 또 어머니의 사랑의 빚을 조금이나마 갚고 싶은 마음으로 10여 년 간 의과 대학 정신과 수련의들에게 개인지도를 하고 있으며 한인 가정상담소에서 일하는 치료사들을 도와 힘든 환자들의 진단이나, 무료로 약물 처방을 해 주고 있습니다. 지난 16년간 '라이프케어 센터' 무료 정신과 외래 환자 클리닉을 경영하여 문화와 언어에 어려움을 겪는 이민자들과 또 보험이 없는 사람들을 돕고 있습니다."

ytn 라디오 방송 10/05/2015

#76

과학 소설 <지구촌 헌법>을 쓴 김경순(찰스 김)

과학 소설 〈지구촌 헌법〉을 쓴 찰스 김씨는 고등학교 1학년부터 철학에 몰두하여 대학에서 철학을 전공했고 1964년 서울대학교 행정 대학원을 졸업하자 바로 미국에 오셨습니다.

뉴욕에서 사회 경험을 하면서 베스트셀러 200권을 탐독했습니다. 1968년 여자 머리장식품 하나로 미국시장을 석권했고, 1971년 여자 가발로 미국 대형 연쇄점 판로를 개척한 마케팅의 귀재입니다. 1976년 메트로 찰스 주얼리 회사를 창립하여 미국과 중국과 한국을 넘나들며 백만장자의 길에 들었고 1980 년 초, Carter정권 당시 민주당 재정위원으로 'ASIAN AMERICAN DELVEOPMENT COUNCIL'을 조직하여 경제적 중산층이 줄어들면서 일어나는 양극화 해결책을 민주

당 중앙당에 제시한분입니다.

2010년 영문소설 〈Super Constitution〉을 출판했고 2012년 한국어판 〈지구촌 헌법〉을 출간했습니다.

〈지구촌 헌법〉은 철학, 행정학, 경제학, 사회학을 꿰뚫은 저자가 첨단 과학 기술을 접목시켜 현실적인 지구 종합 경제 정책을 출발시키는 과학소설입니다. 저자는 과학 발전이 유토피아의 길로 안내하는 이상향의 안내서라 소개하며 지구의 통치권이 주재하는 종합 경제 정책이 세상 만민의 경제적 부흥을 도모하는 방법이라 제시합니다.

소설의 줄거리는 지구로부터 21광년 떨어진 '오하라'라고 하는 별나라의 '오하라'라는 아가씨가 느닷없이 3대 강국인 중국, 러시아, 미국의 대통령들 사무실에 목소리로만 나타나 현대 과학 기술로서는 추적할 수 없는 무선 전파로 명령을 하달하며 이론적으로만 가능한 살생 초단파 전자파를 과시합니다. 주인공인 현나나는 한국에서 출생한 살생 초단파 전자파의 전문가이고 검은 동력(DARK ENERGY)의 주인공 제임스 리는 뉴욕 시에서 태어난 한인 이민 2세입니다. 이 두 명의 천재 과학도는 천재적인 간부들과 함께 3대 강국인 중국, 러시아 미국을 수수께끼처럼 압도하며 지구 정부를 수립합니다. 3대 강국은 그 특이한 과학 기술의 정체를 파헤치고자 사력을 다했으나 해결을 못 보던 것을 두 천재가 반년동안 〈지구촌 헌법〉하에서 여러 천재들을 앞장세워 전 세계 각국의 모든 군사력을 해체하고 유일무이한 지구 정부와 지구 정부 군대를 설정하는데 성공합니다. 그리하여 가장 이상적이고 현실적인 지구 종합 경제 정책을 사회적 양심의 깃발아래 출발시키는 과정이 전개됩니다.

저자는 오늘날 우리의 경제사정이 어려운 이유는 첫째, 고도로 발전하는 현대 문명사회 구조와 200개가 넘는 통치권의 끊임없는 갈등 때문이고 둘째는 경제적 중산층이 줄어들면서 일어나는 양극화 현상에서 온다고 믿습니다. 이런 현상을 타개하는 방법은 양극화의 역사적 현실(ULTIMATE REALITY)을 바로 보고 적극적인 대처 방안을 세우는 일이 급선무인데 양극화의 해결책은 중소기업을 중흥 시켜 중산층을 일으키는 작업에 있다는 것입니다.

이를 위해서는 중소기업을 위한 과학적인 구매 조직 제도, 조직적인 중소기업 투자를 위한 재정 정책, 과학적인 중소기업 관리를 위한 중소기업 훈련원 등이 요구됨을 강조합니다. 이 세 가지 방책은 이미 CARTER정권 시, 민주당 재정 위원으로 민주당 중앙당에 제시했던 것입니다.

저자는 종합경제정책만이 중소기업을 본격적으로 부흥시켜 세계의 경제적 부흥을 도모할 수 있고 각종 부패와 범죄를 일망타진하는 사회정책과 사상체제가 가능하다고 설명합니다. 재미있게 읽히는 소설로 쓰였지만 각 분야의 천재적인 전문가들로 구성된 등장인물들이 깊이 있는 최첨단 과학과 사회과학에 대한 전문 지식을 잘 설명합니다.

ytn radio 방송08/24/2015

#77

<결국은 아름다움이 우리를 구원할 거야>책을 쓴 정현경 교수

뉴욕 Union 신학 대학 교수이고 여성 환경 평화운동가인 정현경 교수는 이화대학교 기독교 학과를 1979년에 졸업하고 동대학원에서 석사 학위를 취득했습니다. 1984년 미국 클레아 몬트 신학대학에서 석사를 하고 뉴욕의 유니온 신학 대학에서 박사를 받은 후, 이화대학 기독교 학과 교수로 7년간 재직 했습니다. 1996년 모교인 유니언 신학대학의 교수로 부임하여 20여 년간 진보적 학자로서 여성, 환경, 평화 운동을 활기차게 하고 있습니다.

교수님이 세계적인 여성 신학자로 알려 진 것은 1991년 세계교회협의회인 WCC에서 주제 강연자로 나서 '초혼제'로 성령에 대한 새로운 신학 이해를 펼친 때문입니다.

이 강연은 '기독교 역사상 가장 논쟁적인 강연'으로 거론되며 뉴욕 타임스, 타임 지 등 수많은 매체에 소개되어 세계 신학계에 토론의 불길을 일으켰습니다.

저자는 자신의 연애, 결혼, 성(性), 학문 등 한 인간의 자아를 형성하는 데 연관된 것을 솔직히 꺼내 놓습니다. 또 뉴욕과 보스턴 선종 사원들에서 명상을 하고, 틱낫한 스님, 이슬람교 등의 타 종교인들과 만나면서 기도, 명상, 참선 등 종교마다 다른 의식을 실제 연습하고 체험하면서 여신이라 부르는 자신의 자아를 찾는 과정을 보여줍니다. 이로 인해 얻은 결론은 자신을 다시 온전하게 해줄 수 있는 이는 자신뿐이라는 것입니다. 이에 더해 삶이 자신에게 원하는 것이 무엇인가를 깨달으면 자신도 행복해지고 이 세상과 지구도 살려낼 수 있는 길이 생긴다고 강조합니다.

이분은 '살림이스트 Salimnist'(살림꾼이라고 할 수 있겠죠?)이라는 새로운 단어를 만들어 한국 여성의 살림 지혜를 가르치고 있는데 여기서 살림은 '살아가는 일' 또는 '사물을 살려 낸다'의 뜻입니다. 전쟁의 폐허에서도 자녀를 키우고, 가족을 살려낸, '어머니들의 지혜와 마음으로 집안 살림만이 아니라 정치 살림, 경제 살림, 사회 살림, 문화 살림, 종교 살림, 지구 살림을 하는 살림꾼이 되라고 강조합니다, 이제 살림리스트는 여자만이 아니라 남녀노소 누구나 살림꾼이 되어 지구를 죽이려는 모든 세력을 이겨내며 생명 키우기를 기원하고 있습니다.

저자는 19세기가 진리에 관심을 두었던 '진'의 세기라면, 20세기는 정의, 인권, 평등의 문제에 열정을 쏟았던 '선'의 세기, 21세기는 그

'선'과 '갈등'과 투쟁을 넘어 그것들을 모두 감싸고 치유하고 통합할 수 있는 새로운 문명을 창출해 내는 '미'의 세기가 될 거라는 예측을 합니다. 이것은 이분의 개인적인 예감이라기보다는 동서양의 성자들이 또 현인들이 오래 전부터 21세기에 대해 예언했던 문명의 전환입니다.

'여성적인 힘'이, 돌보고 가꾸는 '엄마 마음'이, 남녀노소 안에 잠들어 있는 여신 즉 각 개인의 자아를 일깨워 정의와 지혜, 돌봄과 자비에 근거한 새 문명을 만들어 가는 살림이스트들이 모여 '녹색의 기운'을 불어 넣어줄 때에 세상은 아름다워지고 〈결국은 그 아름다움이 우리 모두를 구원할거야〉라는 결론을 얻게 된다는 것입니다.

교수님은 뉴욕 유니온 신학교에서 2015년 봄 학기에 불교 참선과 스님들과의 대화(Zen Meditation and Dialogue with Zen Masters) 그리고 예술과 종파를 초월한 종교간의 대화(Art & Interfaith Dialogue)를 가르칩니다. 그리고 '예술과 영성', '에코페미니즘과 영성' '예술 속에 숨어 있는 하느님 찾기', '예술과 제례', '예술과 명상' 등의 주제 강연과 워크숍을 하고 있습니다.

ytn 라디오 방송03/23/2015

#78

'가장 영향력 있는 아시아계의 목소리'로 평가 받는 미 연방정부 노동부 차관보 전신애

전 신애 씨는 1965년 9월15일, 당시 한국에서는 법적으로 결혼이 불가능했던 동성동본 남자와의 사랑을 이루기 위해 가족과 조국을 등지고 23세 때 미국에 왔습니다.

가정을 이루고 자녀들을 기르면서 이분은 미국 정부 고위직에 오르는 것은 고사하고 직장생활을 하는 것조차 꿈에도 생각하지 않았습니다. 그러나 아르곤연구소 연구원이었던 남편 전경철 박사가 "미국에서 살고 미국을 알려면 학교에 가는 것이 상책"이라는 조언과 후원으로 노스웨스턴 대학원에 입학하여 석사학위를 받았습니다.

이분의 첫 직장은 일리노이 이중 언어 교육센터였습니다. 이곳에서 미국과는 문화적 특성이 전혀 다른 제3세계 이민자들이 문화적 차이로 인해 겪는 문제들을 생생하게 목격한 전신애씨는 이민 학생들을 올바르게 이해하고 가르치는 훈련과정을 개발했습니다. 아시아 이민자가 급증하면서 학교 적응 문제와 취업 문제가 빈번히 발생하기 시작하자 이분은 아시아계 이민자들이 각개전투를 벌이기보다는 중국과 일본, 한국이 뭉친다면 미국 내 영향력도 커질 것이라고 판단하고 동맹 체제를 구축하는 데 앞장섰습니다. 그리고 소수민족 여성과 취업 문제에도 관심을 갖기 시작했습니다.

이민 1세대이자 여성으로서 인종과 성차별의 벽을 넘어 '가장 영향력 있는 아시아계의 목소리'라는 평가를 받는 이분의 성공 비결은 자신의 인생을 긍정적(Positive)이고 적극적(Proactive)이며 준비하는(Prepare) 자세의 '3P'를 실천하는 삶이라고 소개합니다. 그리고 자신이 맡은 분야에만 집중하고 베스트 아이디어를 내는 것이 중요하고 처음 미국인들과 인사 할 때 절대로 상체를 굽히지 말고 늘 당당한 태도로 임할 것을 강조합니다. 미국 주류사회에서 일하다보면 여러 가지 이유로 무시당할 일들이 많지만, 이를 극복하는 데는 재능만 갖고는 안 되고 자신의 아이디어를 뺏긴 것에 대해 분노하거나 좌절하지 않고 그 사람으로부터 그 절반의 도움을 받으면 손해가 아니라는 여유로운 마음가짐이 오늘의 그를 있게 했다고 합니다. 하루에 5시간도 못자며 열정적으로 일하는 아내를 위해 아침마다 커피를 만들고, 일 욕심을 부리기에 앞서 건강부터 챙기라며 꼬박꼬박 영양제를 챙겨준 남편의 사랑도 잊지 않습니다.

이렇게 뚜렷한 소신과 태도를 가진 전신애씨는 1982년 아시아계 미국인 자문위원회 위원장을 맡았고 84년에는 아시아계 미국인 업무를 담당하는 일리노이 주지사 특별보좌관으로 임명되었습니다. 이어서 아시아계 최초로 일리노이 주정부 노동부 장관이 됐고 2001년부터 8년간 차관보급인 연방정부 노동부 여성국장으로 한인 여성의 위상을 한 단계 올린 분입니다.

2009년 퇴임 후 집필 활동과 함께 전국 한인사회를 찾아 '스스로 변화를 주도하는 자가 되라'는 강연을 하며 한인 젊은이와 여성들의 멘토 역할을 해왔습니다. 저서로는 〈뚝심 좋은 마산색시, 미국 장관 10년 해보니〉와 〈너는 99%의 가능성이다〉라는 자전적 에세이가 있습니다. 미 전국여성조직위원회로부터 '여성지위향상' 공로상을 수상했으며, '2006 자랑스러운 한국인상', '2007 KBS 해외 동포 상', '자랑스런 시카고 여성상'과 노스웨스턴 대학을 빛낸 여성동창생 100인에 선정되기도 했습니다.

다음은 행복한 가정을 위해 주부들에게 주는 전신애 씨의 지혜입니다.

"직장이든 무엇이든 '일한다.'는 것을 돈 벌기 위한 수단으로 생각하면 안 돼요. 자신의 가능성과 능력을 발휘하는 장으로 생각해야 해요. 그래서 일을 하며 자기 삶을 만족하게 살면 행복지수도 올라가요. 행복한 사람이 남을 배려할 여유도 생기는 법이고요. 결국 주부들이 행복해야 가정과 사회가 행복해질 수 있는 거예요. 그리고 사람들이 우리를 이상적인 부부라고 부르는데 그건 아니에요. 남편과 제가 서로에게 잘 하는 이유는 상대방에 대한 기대가 별로 없기 때문이에요. 배우자에게 뭘 기대하면 안돼요. 자식도 마찬가지고요. 기대가 없으면 화를 낼 이유가 없잖아요."

추천사

우리 교포사회의 속의 영웅들

변호사 _ 서동성

지난 2003년 우리가 사는 이곳 미주에서는 한인 이민 100주년을 기념하는 행사가 미주 전역에 걸쳐 펼쳐졌다. 전 미주 안에서 한인들이 밀집해 사는 큰 도시마다 제각기 독특하고 뜻있는 행사를 치렀지만 한반도 영토 밖에서 제일 큰 한인촌을 이루고 있다는 남가주에서는 나라 밖에 가장 크다는 교포사회답게 규모나 가지 수로 볼 때 다양하고 뜻있는 행사를 많이 치렀다.

그 중에도 막대한 예산이 투입되었지만 우리나라와 우리 이민사회를 세계에 널리 알린다는 목적을 가장 효과적으로 달성한 행사는 단연 매년 정월 초하루 패서디나에서 펼쳐지는 Rose Parade에 이민역사 처음으로 꽃차를 출품함으로 세계 곳곳에서 3.8억 인구가 지켜본다는 행사를 통하여 우리나라와 우리 교포사회를 홍보 하는데 적지 않은 공헌을 하였다고 자부한 기억이 있다.

그 꽃차의 구상은 우리나라를 상징적으로 표현한다는 의도 아래 요즘도 덕수궁 앞에서 볼 수 있는 구한말 수문장 복장 모습의 두 장승이 버티고 서있었고 나머지 꽃차 위에는 우리 이민사회 형성과 역사를 만드는데 현저한 공헌을 한 "영웅" 10명을 태움으로 꾸며졌다. 대체적으로 만족스러웠고 우리가 뜻하고 바라던 바를 거의 이루었다 생각 하지만 10년이 더 지난 지금도 좀 아쉬운 점이 남아있다. 하나는 수문장 옷을 입은 두 천하장군(?) 보다는 우리나라 역사 속의 불후의 영웅 세종대왕과 이순신 장군을 세워 홍보했더라면 하는 뒷 생각과 이민사를 빛낸 10명의 영웅들을 좀 더 신중하게 선정했더라면 하는 아쉬움이다. 안 도산 선생의 가족, 지금은 이미 고인이 된 김영옥 대령, 런던과 헬싱키 올림픽 2관왕 쌔미 리 박사, 그 외의 영웅들은 재고의 여지가 없지만 나머지 영웅 중에는 미국에 살지도 않았고 이 고장과는 아무 연고가 없으나 그 당시 언론에 잠시 반짝 조명을 받았던 한 운동선수, 역시 그 당시 지역사회 언론의 스포트라이트를 받았으나 지금은 군중의 기억에서 멀리 사라진 인사 등은 우리가 원하고 바랐던 원래의 뜻과는 거리가 먼 선정이었다.

작지만 이런 아쉬움을 남긴 원인 가운데 하나는 영웅들의 선정과정에서 개인 편견이나 감정을 배재하고 어디까지나 객관적이고 엄정한 선정을 기대 한답시고 지역사회의 언론기관에 그 막중한 임무를 맡긴 것이 언론에서는 선정에 필수적인 뚜렷한 기준은 경한시하고 간편하게 그 당시 인기 조명을 받고 있던 인사 몇을 뽑은 결과로 기대에 미치지 못하는 선출이 포함되지 않았나 싶다.

하기야 이러한 선정은 어떠한 기준을 토대로 선출을 하느냐와 선출

과정에서 개인이 속한 단체가 하던 주관적인 판단을 완전히 배재한다는 것은 거의 불가능하기 때문에 선정 결과에 불만과 이견이 생길 수밖에 없는 필연성 때문일 것이다. 그보다도 정작 어려운 점은 우리 미주 교포사회의 형성과정에서 많은 공헌을 한 참다운 영웅 중에는 마땅히 받아야 할 사회의 recognition은 받지 못하여 큰일은 많이 했는데도 널리 알려지지는 않은 영웅이 많다는 현실이다. 그들은 하여야 할 일, 사회가 요구하고 필요한 일을 묵묵히 하되 이름 없이 빛도 없이 해 냈기 때문에 그들의 공적이 숨겨져 있던 것뿐이다.

이번에 발간된 〈세계 속에 빛나는 한국인의 기록, 한인보〉는 이와 같이 알려지지 않은, 그러나 알려져야 할 우리 이민 사회속의 영웅을 발굴하여 그들의 삶과 업적을 간편하게 서술, 엮어낸 책이다. 책을 발간하는 데에 많은 고충이 따랐겠지만 숨어있는 영웅들을 발굴하는 작업도 만만치 않았을 것이란 생각이 든다. 누가 귀 뜸을 해주면 수소문을 하여 찾고 정보를 수집하고 애써 만나 인터뷰하고 하여 쓴 우리속의 영웅들의 스토리를 모은 것이 이 책이다. 15세기 전 그리스에서 현자 10명을 찾으려 대낮에 등불을 켜들고 거리를 헤맸다는 철학자 디오게네스(Diogenes)의 모습이 떠오른다.

이 책을 통하여 우리 이민사회 삶 속에 그동안 알지 못했던 영웅들을 만나고 먼 훗날 우리 후세들에게는 우리 교포사회의 삶을 살찌게 하고 이만큼 이룩해 놓는데 일조를 한 작은 영웅들을 모범 인물로 삼을 수 있도록 도움을 주며 나아가 우리 이민역사를 공부하는 미래의

학자들에게도 참고 문헌이 될 것을 믿기에 지금 막 나왔을 때에 일독을 권하는 바이다.

언젠가 앞으로 또 한 번 Rose Float를 만든다면 이 "한인보"에 수록된 영웅들이 꽃차를 장식할 것을 기대하며….

*서동성 변호사님은 2003년 미 전역에서 펼쳐진 미주한인 이민 100주년 기념사업회 남가주공동 위원장 이셨습니다.

엮은이 김준자의 문필활동

미국 캘리포니아 주의 실 비치에 거주하면서 프리랜서로 집필활동을 하는 김준자님이 엮은 〈세계 속에 빛나는 한국인의 기록, 한인보(韓人譜)〉가 출간되었습니다.

연세대학교와 일리노이 주립대학교에서 화학을 전공하고 연구원, 대학 강사의 경력을 쌓은 과학도였던 김준자님은 꽤 오랫동안 남부 캘리포니아 지역의 언론매체들을 통해 다양한 분야의 칼럼들을 쓰면서 문필활동을 해 왔습니다. 당시 '생활의 지혜'와 함께 그가 특별히 관심을 가졌던 분야 가운데 하나가 LA 지역에서 교포들을 위해 일하신 분들을 찾아 소개하는 것이 아니었나합니다.

그러한 노력이 결실하여 2014년 봄, 미국사회에서 인정받는 '코리안-아메리칸'으로서 개인적으로, 문화적으로, 경제적으로, 사회적으로 그리고 정치적으로 한국 이민사회의 발전을 위한 정신적 지주가 되어 주신 스물아홉 분의 자전 에세이를 모아 〈나는 아메리카의 한국인입니다〉를 출간하였습니다. 엮은이 주변에 계신 이민 1세들의 치열했던 정착과정과 성공담이 주제여서 무척 감동적이었던 기억이 아직도 새롭습니다.

이 책의 출판 이후 LA YTN 방송이 신설한 〈나는 아메리카의 한국인입니다〉 프로그램을 진행하면서 지난 2년여 동안 저자가 전파로 직접 소개한 각 분야에서 활동하시는 팔십 여분의 방송원고들을 모아 〈세계 속에 빛나는 한국인의 기록, 한인보(韓人譜)〉를 출판했습니다.

이 책에 소개된 인물들이 미국에서 세계로, 29인에서 79인으로 확장되었다는 점이 먼저 눈에 뜨입니다. 무엇보다도 LA와 1세 중심이었던 지역과 연령의 폭이 넓어지면서 지역면에선 교육, 사회복지, 문화예술 분야에 걸친 세계로, 연령의 폭은 1.5세 로 확장된 것으로 보아 〈나는 아메리카의 한국인입니다〉의 속편이라고 볼 수도 있겠지만 또 다른 특징을 발견하게 됩니다.

〈나는 아메리카의 한국인입니다〉가 성공 모델을 보여 준 입지전적인 인물들의 기록이라면 〈세계 속에 빛나는 한국인의 기록, 한인보(韓人譜)〉는 해외생활에 비교적 안정된 개인들이 나름대로 의미를 찾아 묵묵히 정진하는데서 오는 은은한 빛을 발하는 인물들의 기록이라는 공통점을 가지고 있지 않나 생각됩니다. 저자는 오랫동안 미국의 한인사회를 주시하면서 쌓여진 작가의 안목이란 프리즘을 통해 주목하지 않으면 잘 보이지 않지만 나름대로 반짝이는 한인들을, 그것도 성공담이나 개인사를 넘어서서 그들이 보여 준 의미 있는 일들을 압축해 소개하고 있는데 그런 점에서 세계 속의 한인들의 삶의 방향과 이민 사회의 갈 길을 비쳐주는 등대 역할을 하리라 기대합니다.

김준자 님은 다방면에 관심을 보이면서 활발한 문필활동을 해 왔습니다. 영문 교양서를 한글로 번역하는 일에서 부터 한국의 문화를 미국에 제대로 소개하기 위해서는 한국작가들의 문학서를 영어로 번역하여 보급하는 일이 중요하다 생각하여 시작한 박완서 소설 '그 산이 정말 거기 있었을까'의 번역으로 2003년에 대산문화재단의 번역대상을 수상했습니다. 2008년은 미국에서 왜곡된 역사소설 〈요꼬 이야기〉가 미국 학교에서 교재로 사용하는 것을 막기 위한 때입니다. 이를 염두에 두고 2002년에 출판되어 한국사회에 크나큰 화제와 반향을 불러일으켰던 일엽 스님과 오다 세이조의 아들, 일당 스님(김태신)의 자전소설 '어머니, 당신이 그립습니다.'를 공동 번역하여 〈The Lost Mother by Kim〉란 제목으로 미국에서 출간되어 amazon.com에서 판매되고 있습니다.

또한 김준자님은 지난2013년에 출간된 〈하루 밤에 읽는 셰익스피어 전집〉을 준비하기 위해 2006년부터 인근에 있는 대학에서 '셰익스피어 강의'를 12학기나 들으면서 철저하게 준비하기도 한 열정적인 학구파이기도 합니다.

〈세계 속에 빛나는 한국인의 기록, 한인보(韓人譜)〉를 보며 또 하나의 성공한 해외 한인들의 이야기 모음이라기보다는 오랜 기간 동안 숙성된 한인들의 해외에서의 다양한 삶을 보는 설레 임으로 고은 시인의 장편 시 〈만인보(萬人譜)〉를 연상하였습니다.

읽기 쉽고 아름다운 문장과 세련된 디자인의 〈세계 속의 한국인의 기록, 한인보(韓人譜)〉가 여러분들을 새로운 감동에로 이끌 것을 확신하면서 일독을 권합니다.

2017년 1월 25일

webegt.com 대표, 김상신

세계 속에 빛나는 한국인의 기록

한인보
韓人譜

초판 인쇄 _ 2017년 2월 22일
초판 발행 _ 2017년 2월 27일
지은이 _ 김준자
펴낸이 _ 노승택
책임편집 _ 안혜숙
편집/표지 디자인 _ 임정호
펴낸곳 _ 도서출판 다트앤

등록 _ 1998년 9월 15일
등록번호 _ 제22-1421호
인천광역시 강화군 하점면 1100번길 26-4(장정리)
tel 02.582.3696
fax 0504.422.6839
이메일 hwaseo582@hanmail.net

값 12,000 원
ISBN 978-89-6070-613-2